生活中悟得

SHENGHUO ZHONG WUDE

高新希 著

中国地质大学出版社
ZHONGGUO DIZHI DAXUE CHUBANSHE

图书在版编目(CIP)数据

生活中悟得/高新希著. —武汉:中国地质大学出版社,2018.7
ISBN 978-7-5625-4347-3

Ⅰ.①生…
Ⅱ.①高…
Ⅲ.①诗集-中国-当代②诗歌评论-中国-当代-文集
Ⅳ.①I227②I207.22-53

中国版本图书馆 CIP 数据核字(2018)第 156993 号

生活中悟得		高新希 著
责任编辑:阎 娟	选题策划:徐蕾蕾	责任校对:张咏梅

出版发行:中国地质大学出版社(武汉市洪山区鲁磨路 388 号)	邮政编码:430074
电 话:(027)67883511 传真:67883580	E-mail:cbb@cug.edu.cn
经 销:全国新华书店	http://cugp.cug.edu.cn
开本:880 毫米×1230 毫米 1/32	字数:137 千字	印张:4.75
版次:2018 年 7 月第 1 版	印次:2018 年 7 月第 1 次印刷
印刷:武汉市华东印务有限责任公司	
ISBN 978-7-5625-4347-3	定价:25.00 元

如有印装质量问题请与印刷厂联系调换

笔墨之香浓于酒

杜甫在《饮中八仙》中赞赏李白:"斗酒诗百篇"。一个人酒喝得兴味浓浓的,正好乘兴可以写写文章,我觉得是可信的。

中国地质大学(武汉)的高新希老师也爱这一口。非但"花时一樽",而是四季皆饮;除了自己喝点,也怂恿别人喝点。初识高老师是20世纪90年代初期,我与他爱人冯春秀老师是同事。后来我在后勤部门工作三年,与他又同事了三年。他性情豪爽,喜欢推杯换盏、俯仰吟啸的气氛,自己的一点快乐在酒里,也在酒后的桌边阅读与挥毫成文。午夜,时常也有电话扰人,高一声低一声地说:"多喝了一口,睡不着,看书呢,写点小东西哩。"王献之有"雪夜访戴"的雅兴,夏季酷暑时节,高老师则有"雨中送书稿"的虔诚。他急匆匆地来了,冒着武汉常有的那种大雨,送来他准备出版的《南望山微话》(散文、杂论、随笔集),还有《生活中悟得》(诗歌、散文诗、诗论集),厚实实的两扎,诚恳地对我说:"这是我要出版的两本书,请您为我写个序吧!"接过的两扎书稿还泛着浓浓的墨香。谁能料到,一个善饮之人今天写点明天写点,竟然集成了这厚厚的两扎!足见,他平时饮酒认真,写文章更当回事儿。

孙犁先生说:"散文是老年人的文体,不能捏造,不可突击。"《南望山微话》《生活中悟得》这么厚重的两本,绝非一天两日拼凑得来。硬桌子,冷板凳,谁不知道做文章是聪明人干的傻事呢。一笔一笔地写,一篇一篇地熬,春燕秋鸿也不过如此吧。看来,酒前热闹人常见,酒后寂寥无人知。高老师笔下的历史钩沉、现实反思,并未局限于卖弄文辞、玩票消遣的小圈子里。一读,就感到他的文章里有着宝贵的忧患意识与人文情怀。官场腐败、市井俚俗、文化流弊……形形色色的话题都被他敏锐地捕捉到了。指手画脚并不难,难在钻出一点独特的想法,拾人牙慧还叫什么文章?高老师作品贵在有他独立的思考,他揪住一件事情,有下手的理由,有解剖的技术,还能换个应时应季的好价钱出手。他这两扎书稿中的文章都在《湖北日报》《长江日报》《学习月刊》《襄阳日报》《工人日报》《精神文明报》《德育报》《长江航运报》《光明日报》等媒体抛头露面过。

虽说过着"半壶酒一囊书"的日子,很雅致,但翻翻家底,高老师生长于贫穷的农村,扛过几年枪未曾上过战场,读书后便留在高校工作。在职期间,恪尽职守。暇时,舞笔杆弄电脑,喜欢文学;爱写"千字文",多系"小言论";无惊世之作,少骇俗之语。一个名不见经传的人,要著书立说,传播思想,背后要付出多少苦心。古人云:"十年窗前无人问,一朝成名天下闻",那是对科举制度的幻想,如今,作家已不是什么稀罕奇缺的人物了,写几篇文章或者一两部书就谈论富贵功名,显然是痴人说梦;但以文学为理想、做事业的人,却世代不绝——当然,迄今极少有人能在写作这个行当里富甲一方。高老师走到如今这一步,完全靠的是自信。有人羡慕:"不知子晋缘何事,只学吹箫便得仙",这等便宜,怕是做梦都碰不到了。侯宝林大师谈作艺时说了一句话:"功夫大了。"孙犁先生说作文时同样是一句话:"千古名师,也无非叫你多读多写;文学,全靠自身的素质和坚韧的努力。"想必高老师也是深谙此道的。

"唯有菊花蓬蓬开,千姿百态竞芬芳。露冷寒凝挺傲骨,风刀霜剑犹抱香。"这是高老师《菊的赞歌》诗中的摘句,我原本想他只写散文、议论文和随笔的,没想到这一次开了眼界,也见到他的诗歌、散文诗及诗论。他有篇散文诗《把自己打磨成金子》,我觉得他也是在不断地打磨自己,能否打磨成金子靠的是毅力和恒心,当然也要靠天份,坚定地走下去,成不了金子,也应该要比原来的自己闪亮多了吧。他在散文诗《以泥土的姿态扑向草根》结尾部分写道:"能在'草根'周围做一块能干事、肯干事、乐于奉献的泥土是有幸的,我们应该珍惜这样的机会,将一块泥土的功效发挥到极致,时时自我改良,多干利民、惠民、富民之事,永不言悔,永不懈怠。"这当然是一种无私的奉献精神。

人说,新闻好热闹,文学喜清净。高老师饮酒时算是一种热闹吧,酒后乘兴写作或读书应是一种清净吧。古人慨叹:"无情何必生斯世,有好终经累此生。"古人这话讲的也不尽然,人不能做清教徒,更不能苟活着;人生就是百年也很短暂,无需各种表演。能像高老师这样顺其自然、顺心随意地做几件自己喜欢的事,物役之"累",也能转化为精神的财富与心灵的快乐。

这种充满激情而富有雅兴的生活态度值得我学习,是为序,更为表达崇敬之意。

王林清
2018 年 5 月

自 序

"莫言下岭便无难,赚得行人错喜欢;正入万山圈子里,一山放出一山拦。"这是南宋诗人杨万里写的"清新隽永、富于哲理且耐人寻味"的一首小诗,是写行人在万山圈子里兼程赶路时的情景。赶路人的心情,当然最好是一步到达目的地,每当行路人费劲地攀登一座山时,总希望前面再也没有山了,而是一马平川,大道康庄。谁知刚刚翻上山梁,迎接他的依然又是大山。于是,连期望中那种下岭时的轻松愉快也消失掉了,随之而来的是一场空欢喜!

"篙师只管信船流,不作前滩水石谋;却被惊涛旋三转,倒将船尾作船头。"这首也是杨万里写赶路者坐在沿湍急回旋的江流行驶的小船上,看篙师(船夫,小船不用舵,用竹篙撑点掌握行船方向)驾船的情形。这当然是一段不寻常的航程,全没有风平浪静、浩荡中流的情趣。那江流湍急,漩涡百转,而篙师又好像全不把险滩礁石放在心上,只是顺着流水任凭浪涛将小船推打得旋来转去,有时船头船尾竟倒了过来。

杨万里的两首诗,一写徒步跋山,一写乘舟涉水,都构思精巧,描写真切,使人读后仿佛身临其境。以诗论诗,自然可称绝倒。但若撇开诗本身来探讨诗中两位旅行者对身外事物所持有的态度,不难发现其主观片面,因为得到的结论是消极的、不正确的。

在万山圈子里走路,一山刚过,又是一山。因为赶路者思考不充分,见了"又一山",便认为挥汗跋涉前功尽弃,于是就说出了"错喜欢"的丧气话;赶路者坐在船上,他眼里只有篙师和身下的小船,只记得小船拐了一百八十度,又一个一百八十度,于是就喊起来:"啊,篙师胡闹,头尾颠倒了,向后转了!"

如果行人爬山时心里明白这是万山圈子里,前面还有很多山,并且把盯着单一方向的眼睛转动一下,让视野扩大到左右甚至身后,那么他就可以清醒地发现,那碧海般的苍山,正一个挨着一个从他脚下后退,前面的大山包围圈越来越薄弱。如果坐船者把他的视线从这小小的艇子移开,延伸到江岸边的村庄、竹树,延伸到耸立的两岸青山,那么,他就可以清楚感受到:不管小船千回万转,轻舟正穿过万重山影,向着目的地前进。

初读这两首诗的时候,我也和诗人笔下的旅行者一样,因为眼前还是那一座山而消极地感叹"错欢喜";也因为小船转了几个一百八十度而怀疑和责难过篙师"不作前滩水石谋"。后来也正是这两首诗使我深悟痛醒,在我写诗及散文诗的过程中清醒地看到一个根本的事实:我正在艰难地,然而却是清醒地、健康地前行。于此,也就更增强了我为《生活中悟得》而不断努力的勇气与信心。

高新希
2018 年 5 月

目 录

乡村早晨 …………………………………… (1)

沉思漫语 …………………………………… (3)

农人画像 …………………………………… (4)

岁月河 ……………………………………… (5)

落叶的歌 …………………………………… (6)

受伤的雨 …………………………………… (8)

等　待 ……………………………………… (9)

祈盼你来领取 ……………………………… (10)

菊　颂 ……………………………………… (12)

与海的蓝色情结 …………………………… (13)

草的断想 …………………………………… (14)

爱心不破 …………………………………… (15)

心之飘摇 …………………………………… (16)

黑鸽子 ……………………………………… (17)

无　题 ……………………………………… (18)

火的信念 …………………………………… (19)

问 …………………………………………… (20)

思　念 ……………………………………… (22)

雾 …………………………………………… (23)

爱的飘零 …………………………………… (24)

说不清的女孩 ……………………………… (25)

写给魔力女孩 ……………………………… (26)

清江丽姿 …………………………………… (28)

走向远山 …………………………………… (29)

某官的怪习惯 ……………………………… (30)

不　老 ……………………………………… (31)

那些年 ……………………………………… (32)

给我一个微笑 ……………………………… (34)

钱的忠告(新格言) ………………………… (35)

菊的赞歌 …………………………………… (36)

来秋再见 …………………………………… (37)

紫荆林 ……………………………………… (38)

冬　梅 ……………………………………… (39)

青　松 ……………………………………… (40)

翠　竹 ……………………………………… (41)

杨　柳 ……………………………………… (42)

随　想 …………………………………………（43）

我的天堂 ………………………………………（44）

写给泥土 ………………………………………（45）

故乡的春天 ……………………………………（47）

凡人偶感 ………………………………………（49）

人生随想 ………………………………………（50）

春　种 …………………………………………（52）

哑　铃 …………………………………………（54）

布谷声声 ………………………………………（56）

写给失意 ………………………………………（58）

应　该 …………………………………………（59）

欲　望 …………………………………………（60）

以泥土的姿态扑向草根 ………………………（62）

把自己打磨成金子 ……………………………（64）

潇　洒 …………………………………………（65）

秋　风 …………………………………………（67）

别轻易放弃 ……………………………………（68）

人生语丝 ………………………………………（70）

松 ………………………………………………（71）

她 ………………………………………………（72）

礁　石 …………………………………………（73）

野　宿 …………………………………………… (74)

山水的启示 ……………………………………… (75)

孤　岛 …………………………………………… (77)

相　逢 …………………………………………… (79)

守望者 …………………………………………… (80)

嘴的功过 ………………………………………… (81)

又是秋叶飘落时 ………………………………… (82)

秋　趣 …………………………………………… (84)

冬之约 …………………………………………… (86)

絮情吟韵(六章) ………………………………… (89)

和春天撞个满怀 ………………………………… (92)

秋夜的思念 ……………………………………… (96)

最后一片落叶 …………………………………… (98)

春天的味道 ……………………………………… (100)

落雪的日子 ……………………………………… (101)

穿越雨季 ………………………………………… (102)

觅春野草梢头 …………………………………… (104)

踏雪悟得 ………………………………………… (106)

"翻案诗"撷趣 …………………………………… (108)

体味秋韵 ………………………………………… (111)

小树·老人 ……………………………………… (113)

天井山下木子店 …………………………………… (115)

致青年朋友 ………………………………………… (117)

窗的外边 …………………………………………… (119)

初夏时光的深处 …………………………………… (121)

点缀日子 …………………………………………… (123)

读《离骚》痛饮"太古泉" ………………………… (125)

"笑舞春风" ………………………………………… (128)

更上一层楼 ………………………………………… (129)

帝乡酒事 …………………………………………… (131)

附

习作两首示祝贺 …………………………………… (132)

写在后面的话(代跋) ……………………………… (133)

乡村早晨

时间如淡墨
滴于田间滴于村落
乡村的早晨
是万物复苏的驿站

炊烟袅袅
从房顶直冲云霄
忽而一阵微风
把她吹得若隐若现

田间的老伯弯着腰挥舞锄头
沐浴着早晨的缕缕阳光
上学的孩童背着书包蹦蹦跳跳
偶尔一阵清脆的歌声

让耕耘的老伯

脸露微笑

看着他们

似乎看到了自己的童年

（2005.3.6）

沉思漫语

发霉变质的种子，
永远找不到适合自己生长的土壤。

在纯洁无瑕的桂冠下，
雪掩盖了多少垃圾。

单独的一只筷子，
不会实现自己的价值。

奔向大海的小溪不怕道路曲折坎坷，
就怕深不见底的陷阱。

回避痛苦摩擦的火柴，
终身暗淡无光。

狂热后的钢铁，
会是怎样的变形。

(2005.4.7)

生活中悟得

农人画像

风雨在你脸上,
无情地刻下道道沟壑,
拿一管粗笔的你,
也在田地里特书农人的历史。
小麦和稻子,
是你最舒心的数字。

你的身影风化为世纪风景,
拉长在天宇的斜阳里,
你赤脚重叩乡间的青石板路,
奏响一首劳累疲惫的歌。

你每天都站立于希望之峰,
看日出和日落,
汗水汇成的小河,浇灌出枝头结满的硕果,
把一季金黄的秋也给淋湿了。

(2005.4.26)

岁月河

山高水长
河之上游亦如你楚楚动人的
容颜不老
为了浓烈生活
我们于岁月河上频频举杯
都说不醉不归
有谁能将一生含蓄而又认真地
一笑带过
河之流　心之潮
凭岁月流
皆争　皆求

(2005.6.8)

落叶的歌

守望家园
你触痛我的神经
飘逝的日子
你为谁引诱

风中有你无根的飞翔
承受着一种境界
令我无法拒绝上升
拒绝坠落

漂泊远方的我同你一样
写满了季节
一千次一万次
终须背弃枝头
复归于土地

秋天深入落叶

落叶深入命运

无形的风因而歌唱

唯一的归宿

(2006.4.7)

生活中悟得

受伤的雨

薄薄的忧愁
漫动　湿漉的心
感念飘零的思绪
随着风的影子
挂在天边

挥舞着潮湿的思念
俯视
明净的倒影　逝去了
永生相伴的归期……
唯有聆听
萍水相逢的瞬间

(2006.5.6)

等 待

人生,充满了等待。

小的时候,等待长大;长大以后,等待一份浪漫的爱……

等待,给人以憧憬,给人以希望,给人以慰藉。

等待,给人以一个无暇的梦。

短暂的等待,是一种焦灼;漫长的等待,是一种折磨;落空的等待,是一种哀伤。

等待,真可以说是一份美好的无奈。

等待,可以在充实中度过……

春风,是冰河的等待;收获,是秋天的等待;雨露,是大地的等待;阳光,是大海的等待。

你是否在等待我的到来?

(2006.7.4)

生活中悟得

祈盼你来领取

自从和你告别
我用全部的思念
在岁月的银行里
开了一个爱的户头

在这张爱的存折上
我把太阳当作金币
把月亮当作银币
全部存进相思里

这张爱的存折里
存进对你无尽的回忆
存进我们在一起时的笑声
存进我们分别后的叹息

我不断积累着对你的爱
已经有了丰厚的利息
亲爱的人啊
我祈盼着你来领取

(2006.7.9)

生活中悟得

菊　颂

只将秋色留，
不把春光争。
孤芳自风流，
晚霞寒风时。
着意向晚秋，
不随黄叶舞。
抱香老枝头，
寒风霜傲骨。

（2006.12.12）

与海的蓝色情结

从远方,到远方。

就这么以蓝色柔软等待。那以后,我的眼睛再也看不到什么是蓝色。

我知道你就在我身边,我知道你不在我身边,很近又很远。我望你,越望你,你越远。情到深处人孤独。

回头是岸,岸在哪里?涨潮是海,落潮是岸。这不是我们的过错。曾被你拥抱过的心儿是我最痛的地方,我没有对你说,因为你眼中正盈满坦白的痛苦,男人的痛苦多么地灼人!

海,因为疼痛化为蓝色。除了蓝,我不知道还有什么色彩。

以一万只泪眼,看着你离去,大海。我来到世间,只是为了等你、遇上你、爱你并为你所爱,直至最终失去你。

无怨无悔。

(2006.7.15)

 生活中悟得

草的断想

草,是春的信息,春的使者。王安石有名句,"春风又绿江南岸"。最先被春风染绿的,当是草了。韩愈诗云:"天街小雨润如酥,草色遥看近却无。"这草色即是春色。草的生命力是极旺盛的,有了泥土的扎根,荒山野岭也安家;不管日晒雨淋,还是风吹霜冻,她永远年复一年地生长着。最后,又毫无炫耀地贡献出自己的一切,作饲料、制草浆、修茅屋,有的还入药治病。只要于人类有利,就是粉身碎骨,也在所不辞。这就是草的精神。

萋萋芳草,给人一种清新爽快、生机勃勃之感。她还在自身的生长过程中,吸收二氧化碳,释放氧气,吸附毒气,滞留尘埃,改善和保护人类的生活环境。她几乎每时每刻不忘自己的职守,不停地工作着。人们却往往过多地赞美百花,很少注意这芸芸众生的百草;而草呢,从未因此而羞愧,而气馁。这就是草的品格。

生活需要万紫千红的百花,更需要青翠葱绿的百草。啊,愿祖国大地碧草如茵,增加更多怡人的、赏心悦目的新绿。

(2005.4.4)

爱心不破

不是所有的沧桑,
都注定悲凉。

不是所有的爱情,
都一定辉煌。

不是所有的破裂,
都会留下创伤……

青春不会再次拥有,
请不要孤独、冷漠、彷徨,
沧桑之后的爱心,
经受摔跌会更真实坦荡。

(2006.10.24)

生活中悟得

心之飘摇

我想前生的你必定是一棵树
壮挺的枝干开满温柔
临别时你憨憨的手势
已把我在心思中沐浴成熟
成熟的心思总能将你的举动
模仿得惟妙惟肖
我曾拉着日子的手诉说
说岁岁年年
说相似的花
说不同的人
多不被心思点燃
愿我们的友谊为爱情的奠基
你要承认
夜晚我与心交谈得淡然无味
你远方的问候便会成为我
午夜的温柔

(2007.2.12)

黑鸽子

最深的那个夜凝成翅膀
最圆的那个梦聚成月光
天有多大翅膀就有多宽
路有多远目光就有多长
蓝色的宣纸上一滴浓墨
风雨琴弦上一瓣颤音

(2007.3.13)

生活中悟得

无 题

(一)

裙子盛开的季节

蜜蜂忘了写诗

蝴蝶忘了作画

鸟儿忘了唱歌

(二)

不会谈起

只会弹起

小夜曲深沉再深沉

流不尽眼泪听泪鸣

只会弹起

不会谈起

(2007.3.24)

火的信念

无法拒绝黑夜的降临
萤强睁着眼睛
只点亮一孔黑暗
熄灭后的人生
留下光明的缅怀
火一样的热情
来自于坚强的信念
黎明是光明的希望
在想象和憧憬中
点燃追求的火
燃烧着生活的语言
提醒欲眠的心灵
不要罩上疲惫的外衣
血和泪皆是燃料
不息的魂魄燃烧不完
——在火中更新
——在火中涅槃

(2007.4.14)

问

流水带走的不是落英
是我的思念
窗前洒落的不是雨水
是我的泪滴
寂静的长夜里
你的梦中
可曾有我的身影
我的名字
是否被你轻轻地呼唤

天空中飘过的不是白云
是我的梦幻
岁月撕碎的不是风霜
是我的爱恋

微雨黄昏里

你是否徘徊在分手的路口

渐蓝的黎明中

你可曾记起路边的蔷薇

（2007.5.16）

生活中悟得

思 念

思念——一个美丽的童话
把幸福和希望
镌刻上皎洁的月盘

思念——一次漫长的分娩
让甜蜜和阵痛
滋润期盼的心田

思念——一条看不见的虫儿
用不停的咬啮
制造着心灵的一次次震颤

思念——一场圣洁的洗礼
将权利和自由
奉献给爱的祭坛

思念——一首唱自远古的歌
无论忧伤和欢乐
都传承和拨动最美的琴弦

（2007.6.17）

雾

家乡的雾
悠悠地
飘出烟囱
缭绕于小村的眉际
不肯离去

那是一把柴禾
燃烧成的
一种说不清的
时刻跟在你左右的云朵
时不时会因为你的想念
下一场温柔的雨

(2007.7.27)

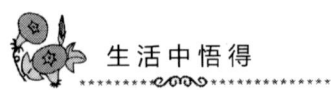 生活中悟得

爱的飘零

缘泪

那次握别
你洒下泪滴
难怪一想到你
我总是遇上雨
下了多少决心
去迎接日丽
可泥泞的思路
却走不出清晰

笑微

笑微,两颗心
酿出的涟漪
任眼神游弋
寻找久违的亲昵
踯躅在月光下
徘徊在夕阳里
有欢欣的悲吟
有苦涩的甜蜜

(2007.8.12)

说不清的女孩

女孩是一首歌
每一个跳动的音符
都是一个美丽的故事
女孩是一道风景
晴天时美丽
雨天时妩媚
女孩是一幅画
怎样画都不尽完美
女孩是一首诗
只有她们自己读得懂
女孩是一条小溪
热情而又奔放
欢快激昂地奔向大海
谁也拦不住
女孩真的说不清

(2005.5.17)

生活中悟得

写给魔力女孩

徜徉于青春的花季
呼吸着芬芳的气息
少女特有的清纯魅力
似一朵初绽的莲花亭亭玉立
让一颗年轻驿动的心
无法逃避

天空给你　阳光给你
因为你春天一样的美丽　一样明媚
你的秀发
在谁的眼中
飘成了春天的云
你的笑脸
在谁的心里
漾成了湖面上的涟漪

你不经意的一个回眸

让谁的梦

像一粒冬眠的种子

穿越了整整一个世纪

所有正在发生的一切

也许你都不曾知晓

因为　你是一只

快乐飞翔着的小鸟

（2006.9.18）

生活中悟得

清江丽姿

你是丰姿娇丽的画廊
绘出了山城的灵气
我的梦中
便夜夜有你
仰望着夜的旷远
一轮星辉将水天幻为一色
我采下了一株芦蒿
轻轻撩拨着你的羞涩
在一个明亮的早晨
尽情歌唱为你写下的诗篇
当你绽放的时刻
更美的明天正在续写

(2008.4.18)

走向远山

走向远山,不带半点幻想,
只带一个空空的诗囊。
用珍藏于心的长线,
钓几句没有腥味的诗行。
我迷恋那声声鸟啼,
晨光里,它为我轻轻伴唱;
而那还不晓得设防的小松鼠,
多少回窜入我的梦乡。
走向远山,走向没有路的地方,
没有路的地方才拥有希望。
因为没有路,
才没有人举起猎枪!

(2008.5.25)

生活中悟得

某官的怪习惯

车不高档臀要烂
秘书不美口味淡
一日无会神魂散
两天不宴心烦乱
说话只喜说一半
常把条子当钱看
国事家事掺和办
明里事情暗里干
台上说的都不算
做梦都往国外蹿
白天萎靡效率低
晚上亢奋车轮战
喜听谀词金不换
厌闻民声当扯淡
夜半三更冒冷汗
看见国徽腿发颤

(2008.8.11)

不 老

太阳不会老，
无论生气的时候，
微笑的时候，
脸都是红的。
月亮不会老，
无论圆的时候，
缺的时候，
心都是亮的。

大山不会老，
无论晴的时候，
阴的时候，
希冀都是绿的。
我不会老，
无论醉的时候，
醒的时候，
诗歌都是真的。

(2008.9.18)

生活中悟得

那些年

孩子,那些年
爷爷用一根牛鞭
在黄土地上
开辟一条生路
日子,过得清苦
但很充实
就像你手中的风筝
越飞越高

孩子,那些年
奶奶握一把柴禾
在锅灶前
点亮爸爸的学业
课本,背得艰难
但很坚强
就像你刚学走路
越跑越欢

孩子,那些年

发生过饥饿、贫困和奋斗

这一切对你是谜

故事很多,也很平淡

不像黑猫警长

不像舒克和贝塔热闹

可是孩子

那些年的事情不要忘记

你的未来

流淌着过去的血汗

那是从祖辈继承的

坚忍和不拔

人类是从那些年走过来的

文明是从那些年走过来的

理想是从那些年走过来的

家庭是从那些年走过来的

而一个人

必然要从那些年走过

(2008.10.12)

生活中悟得

给我一个微笑

纷闹的红尘
惊扰了童真的美梦
却无法堕落
也无法选择
随波逐流

挥舞衣袖
不能再别康桥
今夜的月色
诗人不再有无忧的心境

请握着我的手
拂去尘世的纷扰
给我一个微笑
告诉我天空依然碧蓝
心田依然有鲜花盛开

(2008.10.23)

钱的忠告(新格言)

劳动的钱,使你幸福坦然;
积蓄的钱,使你珍视勤俭;
奖励的钱,使你加倍实干;
恩赐的钱,使你变成懒汉;
援助的钱,使你感到温暖;
挪用的钱,使你有借难还;
贺喜的钱,使你加倍偿还;
节省的钱,使你美德璀璨;
集资的钱,使你力量无限;
拣来的钱,使你用之不安;
偷来的钱,使你胆战心寒;
骗来的钱,使你良心受谴;
贪污的钱,使你灵魂糜烂;
搜刮的钱,使你欲望难填;
受贿的钱,使你贪得无厌。

(2008.11.18)

生活中悟得

菊的赞歌

秋风萧瑟草叶黄,绿减红衰意惆怅。
唯有菊花蓬蓬开,千姿百态竞芬芳。
露冷寒凝挺傲骨,风刀霜剑犹抱香。
陶令采菊东篱下,高洁清名万代扬。
淡泊明志仰诸葛,陶情冶性育贤良。
更有诗雄挥神笔,战地黄花分外香。
秋花胜似春花艳,鹅黄嫩紫溢彩光。
一朵菊花一首诗,花魂诗魂比翼翔。
情满长空彩虹舞,气壮山岳凌千嶂。
花开遍地人开怀,生活添彩添芬芳。
今日豪吟壮行色,与时俱进气昂昂!

(2008.11.23)

来秋再见

你的眼神投向天边
梦想洋溢在你的眉尖
远方很远很远
在秋凉如水的季节
你说要去远方发展
我未发一语
笑容刹时僵在唇边
我的手置于你的掌心
我的温暖将永留你的心间
此时无声胜有声
一个"心"字你我共赏
深深秋意不及情意深深
等你的话我不会说出口
只会渐行渐生无尽的思念
不图你荣回故里
只盼来秋再相见

(2008.10.28)

生活中悟得

紫荆林

早被往来的情书勾出神韵
临湖密立着一林亭亭紫荆
心形叶儿下
隐约着成双成对的青春
在斑驳月色里卿卿我我

弥弥浅浪自湖中映射
翠绿的心形叶朦胧如云
心是多么轻盈娇弱
半巴掌挡得几许风雨
心又多么鲜明活跃
岁岁在枝头滂霈衍生
柔柔夜风载得动山盟海誓
紫荆林已成爱侣圣境
约会首选去处
心心相印情人亦如诗人
都爱寻求美的象征

(2009.2.22)

冬　梅

在自然的时序里,你是冬之升华,你是春之先声;在人性品格上,你是国人的情操,你是民族的精魂。

多少诗赋,多少丹青,奉献给你的是一片纯真,满腔赤诚。

那夜举狼烟、气吞残虏的亘古男儿,即使老卧孤村也不哀鸣,可对驿处断桥边的你却一往情深,倾诉出只有香如故的肺腑之音。这可是志行高洁的写照,这可是以身许国的忠贞!

"紫陌红尘拂面来,无人不道看花回。"看什么?是那搔首弄姿的桃花,抑或是那珠光宝气的牡丹。

胸怀豁达的冬梅,你却毫不妒嫉,并不生嗔。年年岁末,风雪飞临,你依然怒放于山峦、田野和水滨……

(2008.12.25)

生活中悟得

青　松

　　有人说感时花溅泪,有人说草木本无情。无情化有情,自然通人情。

　　自你与人类的感情交融,你就赢得了世界的殊荣。

　　励志者赞你不凋于严冬,伟岸不屈,郁郁葱葱。于月夜的山间,于冰雪的原野,于朝阳的庭院,不屑于花红柳绿的世界,傲视那风吹雨打的暴虐,生生不息,挺拔于浩翰的苍穹,与竹梅为伍,共迎和煦之春风。

　　姹紫嫣红的季节,你却自甘陪衬,绿衰红减的时日,你又写尽平生。

(2009.1.19)

翠　竹

　　仁者见仁,智者见智。词客的诗情,画师的绘意,哪能写出你多彩的风姿。

　　纤影婆娑,可是林黛玉那憔悴的身躯,摇曳于萧瑟的秋风!相知人去,冷月幽魂,焚掉诗稿抱恨终。

　　忧民的志士,寄托着别样的深情,衙斋内的萧萧之音,一枝一叶都关切着多艰的民生。

　　嫉恶如仇之人,冲破民俗的偏见,出了应斩万竿的殇音,铿锵的语句掷地有声。

　　自扫竹根培志节,泼尽翰墨写晚晴,在人生的征途上,永不停步,奋力前行。

　　触景生思,托物寓情,翠竹,你的概括如何界定!

(2009.2.3)

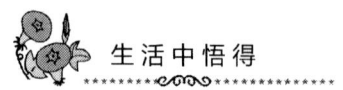
生活中悟得

杨　柳

频频招手
我知道你在等候
迈开脚步吧
前面
就是相会的桥头

频频点头
我知道你有乡愁
放开眼光吧
对岸
就是故乡的绿洲

频频翘首
我知道你在虔诚祈求
跳起舞吧
春风
一定吹融冻结的河流

（2009.2.27）

随 想

今夜我也咏史

明晨照样梳妆

看东风麾下花儿竞放

独自畅想

突生翅膀

拔地直刺入上苍

早知祖国遍地春光

遂想家乡更换模样

步履小桥

这就封疆

(2009.3.4)

生活中悟得

我的天堂

呱呱坠地的我,对一切充满了好奇。在这个陌生的世界里,妈妈,您温暖的怀抱就是我的天堂!

花季年少的我,那么的无忧无虑,在校园里快乐地生活着。朋友,你真挚的友谊就是我的天堂!

青春焕发的我,初尝了生活中的甜酸苦辣。在五彩缤纷的世界中,爱人,你甜蜜的吻就是我的天堂!

步入中年的我,生活的重担在脸上留下了深深的烙印。在忙碌的岁月中,孩子,你的幸福就是我的天堂!

老年悄悄到来的我,步履蹒跚中懂得返璞归真,太阳西落的地方就是我的天堂。

(2009.4.5)

写给泥土

我们需要泥土,我们离不开泥土。泥土对我们至关重要,泥土是我们生命的全部。

只有了解泥土的人,才知道泥土的重要。没有了泥土,我们将失去一切。我们为泥土而日夜操劳,只有泥土能够满足我们一生的愿望。泥土,是我们生命的焦点。

父亲,同泥土打了一辈子交道,他最了解泥土,以及泥土的内涵、泥土的脾性。他说,一粒种子播进泥土,就会长成一地庄稼。一地庄稼就能繁荣我们的一年。土地是我们的衣食父母。从来不会抒情的父亲,经常向我们炫耀自己诗意的感受,炫耀自己满手发亮的老茧。他说,这是泥土留下的印记,是泥土对他真正农民身份的确认。父亲淳朴得与泥土一样。所以,我们亲近泥土,我们敬仰泥土,这是对父亲的崇敬,对农人的崇敬。

我对泥土始终怀有敬仰之情。当我离开乡村离开泥土走进城市时,感到莫名的惆怅。所以,总是想念乡村的泥土,想念仍在泥土中劳作的乡亲。

泥土是神圣的。命运之手,穿越泥土,铸造永久的陶罐,

历经地火的煅烧和岁月的洗礼,成为我们汲水的工具。陶罐盛满了我们生存需要的水,是我们的生命之源。泥土是我们的生命。那些用黑的黄的白的等等的泥土烧制的青砖,以亘古不变的信念,筑就了巍巍的长城,这是我们坚硬的脊梁。没有泥土,就没有我们所拥有的一切。

　　以平常的心情接近泥土,感悟泥土,泥土是很平常的,平常得使我们不以为然。风尘仆仆地来,又风尘仆仆地去。在接近泥土的那一刻,就注定为我们的永恒。我们自泥土而出,自泥土而长,泥土是我们最初的起点,也是最后的终点,泥土是我们至尊的母亲。

　　没有什么比泥土更加重要。因为有了泥土,我们才有了茂密的森林,为我们避风遮雨,这是我们生存的家园;因为有了泥土,我们所有的种子才能播下,给我们足够的粮食,这是我们生存的依靠。

(2009 3 9)

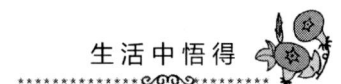
生活中悟得

故乡的春天

在城市炎热的夏日中回忆乡下的春天,那真的是一种享受。

乡下的春天,上天率先赐予的是多情的雨。白天晚上,周而复始,不缓一刻,把如蛛如丝、晶莹纯澈的情感洒下。池塘因有了多情的春雨,变得丰满生辉,在风中轻轻抖动一身的快乐;小溪因有了多情的春雨,变得鲜活自在,在雨中缓拨琴弦欢声吟唱。在浓浓雨意里,氤氲的雾岚,似轻曼的幕纱裹住大地,置于柔柔睡梦中。

雨声终于渐止,大地被温饱的春晖贮满,世界骤然变得明亮寥廓了。信步去野外踏春,看路边,已长出茸茸寸许嫩芽的小草,娇娇羞羞地躲藏在去岁残留的枯草背后。"草色遥看近却无",不仔细看,还轻易带不进视野呢!夹着路的是田地,尚在早春,地中麦子已拔高几节,滋滋地还能听到它们在春光里努力生长的声音。地旁几株水杉,青褐色的枝条上镶缀着豆粒般的芽苞,嫩黄淡绿,因留着昨日那些湿湿的雨气,阳光下,微闪着珠玑的亮星。不远处,那个偎依山坡的小山村,被四周大片灿若红云的桃花围住。村中还衬点了几树

洁白的李花。树里树外鸟儿啁啾对歌,村里村外鸡犬追逐嬉戏,好一个世外桃源。

徜徉山下,田间农民们在弯腰劳作,随着一阵阵"哞"声,大块黝黑肥沃的泥土在犁两旁翻起。农民们不时地转过汗水润亮的脸看看身后。望着他们坚定的背影,让人觉得这也是春天一道道景致,而且是最亮丽的风景。那一行行翻耕的泥土,不就像土地主人呈给春天最生动的诗行吗?他们用双手辛勤创造美好新生活,难道还有比这感受更美丽和动心的吗?突然间,几声蛙叫从田间传来。呵,连庄稼里的小精灵也给这精致诗作,注以和谐韵脚,配置轻快的曲调了!

人便被这一切深深感染着,实在不需要借助什么去挽留,这故乡之春便深深烙进了内心……

(2009.3.19)

凡人偶感

A. 作为一个"准诗人",我的写作费时且难产。对于诗意,我只会在生活中捕捉和虔诚地等待其降临,被我的粗手偶得。"硬写"不是我主张。勤奋却无才气,只会污染环境。

B. 酒鬼对教父说,我向上帝祈祷的时候能喝酒吗?教父当然坚决反对。另一个酒鬼也对教父说,我喝酒的时候能向上帝祈祷吗?教父欣然应允。这是一种智慧。但就怕有人擅用这种智慧。

C. 生具一颗敏感的心,将经历生活无尽的折磨。生具一颗多情的心,将饱受异性无情的冷落。我时时刻刻都在追问敏感而多情的自己,你为什么不能活得浑浑噩噩?

D. 我们一不小心就将个人奋斗与争名夺利等同起来,视荣华富贵为终极目标,原本无罪。不过在奋斗中保持轻松的心态,才会有绚丽的人生,如饥似渴地追逐,却只会让自己蜕变成一种奴才。

E. 两人各自尊大,孩子是感情的纽带。我从另一个视角看到,孩子也是捆绑不幸婚姻的绳索。

(2009.4.12)

生活中悟得

人生随想

躲避城市的喧嚣,一个人静静地坐在桌前,望着窗外萧瑟的落叶,一阵阵寒意直袭过来,漫无目的地翻阅案头的书卷,百无聊赖地在纸上胡乱涂抹。在每一个这样碧草青青,抑或群星灿烂的夜晚,我踽踽前行在依稀飘忽的梦境中,追寻那遥远而古老的传说……

我不知道喜欢文字的自己,痴迷码字的热情究竟还能走多远;只知道每每夜深人静之时,便是我思绪翩翩的时候。我喜欢采撷童年的梦幻,也曾记起天际边的那片绯红云霞。只是岁月悠悠,依稀往事早已恍然如梦。其实文字只是反映心境的一种表达方式,或流畅,或沉稳,或平淡简约,或意味深长。只是,每每写完了,便觉得有自己的影子在里面。

望着镜中苍白的容颜,看着悄然流逝的青春,我无言以对。也许生命原本就是在不断的创伤中得到升华。只有当和友人们一起嬉闹的时候,我才觉得又找回了少年时的足迹,只是那个天真活泼并带有颇多幻想的男孩,而今已成了白发老人。

在这样一个月色阴霾的夜晚,思绪不免有些飘忽起来。

依稀记起那个暮春的雨季,驱车行至东湖磨山抬眼远眺,在苍茫的烟霭中,浑然一幅中国写意派山水画跃入眼帘——层层烟霭,如黛远山,嶙峋异石。不禁惊叹大自然的巧夺天工。

登上磨山来到朱碑亭,浮想联翩,总想让记忆中出现些什么,就是想寻觅些古迹。

终于有一天明白生命原本有太多的惆怅与无奈——长夜无尽,却仍需不懈努力。人生确有许多事情值得思考,在思考中长大,在思考中老去。也许是心态过于老成的缘故,我喜欢在缤纷红尘中参悟尘世。些许无奈,些许惆怅……

末了摘上李煜的《相见欢》,聊以自慰。

林花谢了春红,太匆匆。无奈朝来寒雨晚来风。

胭脂泪,相留醉,几时重?自是人生长恨水长东。

恣意让思绪飞舞,看纷繁尘世,不觉泪迷双眼……

(2009.4.18)

春　种

春,不是一幅画,而是一地的画;不是一首歌,而是满天的歌,话不尽,唱不完。

风雨送春归,飞雪迎春到。她带来了春的消息,并为春腾出了一片晴朗的天空,春天的灵魂化进雪里。

盼望着,盼望着,几阵风,数番微雨,洗去了冬天的沉闷,打开了花儿的翅膀。就这样,风裹着春,春带着风,拂在人的脸上,爱在人的心中。春风搅动人们的心,催撵人走出家门,拥抱春的气息。

一时间,"桃树、杏树、梨树,你不让我,我不让你,都开满了花赶趟儿。红的像火,粉的像霞,白的像雪"。仅仅作为季节的春天,仅仅作为大自然景象的春天,却有其与众不同的特殊能量!它意味着创生、创造,意味着生和长。春是激情,是活力,是希望,是信心,是勇气……人生一世,草木一秋,谁肯虚度这大好春光?

"春欲到,小草先知道。破梦午夜啼一声,遍地闹春潮。"

春天到了,带着雨,带着风,带着花,带着梦;春天来了,在天上,在地上,在山中,在水中;春天来了,在大雪降临之后,在万人希冀之中……自然界的春天从来都是短暂的,"四季常春"是一种神话或美好的向往。而社会的春天,却可以永驻。经济、文化的春天,以及政治、民主的春天,物质性的春天与精神性的春天必须成为浑然一体的"满园春色",才能将社会的春誉为"人间的春天"。

　　一年之计在于春,春天包容了所有的未来。因为种子只有在春天播下发芽,秋天才会有收获。有谁还能不珍惜春天的分分秒秒呢?春潮正从天边滚滚而来。

　　抓住春天吧,播种就会有收获,付出就会有回报;歌唱春天吧,世界多么可爱,生命又是多么的美好!

(2009.3.22)

哑 铃

居然叫铃
不知曾否有过
叮当悦耳的历史
又何以哑了

风吹　手摇
便清脆地回应
独处一隅时
只剩下空洞的寂寞
终于——
你悖逆了铃的家族
为一种实在的生活
用沉默的方式

可你依然叫铃

我又能说什么

见你那副憨态

我时常咀嚼一个字

——哑

(2009.6.13)

生活中悟得

布谷声声

五月,布谷鸟的啼叫划在季节深处。

喜欢布谷鸟的叫声,虽然它很单调,但听起来却总觉得意蕴悠长。农人将布谷鸟的叫声译作"割麦插禾",孩童认为那是"个个快活"。偶然的一次,有位学生却发现原来还有另一种译法——不哭不哭。

布谷鸟一辈子只有这一种叫法,没有深山鹧鸪的哀怨乡愁,也没有黄鹂唱春的悠扬婉转,它只有千百次千百次地重复这一声单调的啼叫。也许,当幼小的布谷开始明白自己一辈子只有这一种叫法时,它们的父母就用这句"不哭不哭"来安慰它们惶惑的心灵。而这些开始成长起来的布谷鸟也只有不停地对自己说:不哭不哭。

成长,不哭不哭。

小时候,嘴里哼着"个个快活",总道长大是一件最美好、最自由的事。

其实错了。

成长是什么?成长是布谷声声的五月。五月的身后是再也回不来的春天。五月的前面是雷雨,是闪电,是没有荫蔽的天空下的日晒雨淋。刚刚走出春那温馨的怀抱,舍不下眷恋,一步一回首,想托起夏的骄阳,却又挥不去迷茫,在困顿的门槛上进退两难。

五月是成长的季节。成长就一定有痛楚和沟壑。但是我们不能拒绝成长,正如我们一定能跨越五月。

走过五月,将是一个成熟的夏天,告别温柔缠绵的春,夏以它最热烈的方式打马闯天涯——坚强、独立、勇敢、成熟。

(2009.6.19)

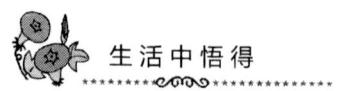

生活中悟得

写给失意

原以为走在繁华的街市,就不会孤独侵袭。孰不知在陌生的城市,那迎我而来的却是一种陌生而空洞的喧哗。擦身而过的人流,仿佛是在弹一首单调而乏味的行进曲。立在这所有陌生的面孔前,心头不禁掠过一种伫立深秋的感觉,略带些许悲凉。

原以为闲居乡村僻壤,就难免感受到孤寂的忧伤。孰不知大自然本来就是一座绚丽多彩的乐园。树间鸟啼声声,草中虫鸣花香,虽偶尔有寂寞的片刻,然涨满胸腔的却是激昂与舒畅。

尽管人生不可能一路繁花似锦,也不可能冷月孤星,虽偶尔有失意的时候,但更多的却是拥有,拥有鲜亮的生命,拥有每个祥和的晨曦。虽人生也会给你带来创伤和误会,但只要你拥有一副包罗万象如宇宙宽广的心胸,那么,生活就不是一首单调乏味的歌了。

埋没时,不失魂落魄;被发现时,不得意忘形,这才是真爷们。

(2009.6.26)

应 该

当日子悄悄溜走
我们已不再年轻
陡增的可以是皱纹
不减的应该是雄心

当玫瑰已经凋零
气温已不再回升
尘封的可以是情感
冷却的不应该是爱心

当私欲不断膨胀
世界已失去纯真
支付的可以是智慧
泯灭的不应该是良心

(2009.7.8)

生活中悟得

欲　望

　　欲望是一个人与生俱来的一种本能,在人类社会发展的进程中影响着人和社会。它是个人行为也是社会行为,它像一双无形的手指挥着每个人。

　　欲望是一把双刃剑,有它好的一面和坏的一面。

　　欲望就像它字面上的解释一样:得到某种东西或达到某种目的。

　　欲望也随着人的成长而变得不同。在儿童时代你最大的愿望就是得到很多好吃的零食和许多漂亮的衣服;到了青年时期,你可能希望口袋里有大把的钞票,可以随心所欲地支配它;中老年人最大的期望就是子孙满堂,家庭和睦,家人平平安安……

　　每个人的欲望有所相同和不同,但它们的共同点就是为了使自己能够过上优质的生活。

　　欲望是一种目标,它能激发人的潜能,使人更加勤奋,意志更加坚定。

　　欲望也可能使人发狂,有的人对生活的期望值过高,他的欲望也就像天上的星星一样遥不可及。

当人的欲望在内心不断膨胀时,人就会变得自私、不顾一切的贪婪。从另一个方面来说,欲望也可能使人变得理性,使修养得到提高。

欲望存在于每个人的心中,只要我们朝着心中的目标努力奋斗,理想就会有实现的一天。

(2009.8.7)

生活中悟得

以泥土的姿态扑向草根

有人把生活在广大城乡的老百姓说成是年年泛青、生长不绝的草根族,这真是一个贴切不过的比喻。因为老百姓正是像草根一样生活在社会最底层,默默无闻,最善于忍耐,最富有创造力和生命力。最近,在保持党员先进性教育活动中,笔者常常想起这个比喻,并久久思索:面对草根一样纯朴、善良的老百姓,我们党员应该有什么样的姿态?

笔者以为,党员应该以泥土的姿态面对草根、扑向草根。泥土的这两种姿态,正是我们每个党员应取的姿态。

其一,泥土有一种踏踏实实向下沉的姿态。我们党员干部做任何工作,需要的正是这样的姿态,向下沉,真正沉入群众之中。如此,我们才能了解民之所急、所苦、所需、所愿,才能作出利民之策,做成惠民之事。反之,高高在上,对人民的疾苦麻木不仁,将会严重伤害群众的心。那我们代表谁的利益,先进性又从何谈起?

其二,泥土有一种无怨无悔的奉献姿态,也正切合我们党全心全意为人民服务的宗旨。

党员模范牛玉儒有一次接受采访,记者称他为呼市(呼和浩特)"大家庭"的家长,没想到牛玉儒当即温和而坚决地加以纠正:"我不是'大家'的家长,我是为'大家'服务的,这个位置一定要摆正。"这是牛玉儒长期以来视自己为人民公仆的由衷表露。不做家长做公仆,一心为大家服务,为群众办好事、办实事、解难事,做人民群众的贴心人,这才是一个党员应该有的奉献姿态。

"天地之间有杆秤,那秤砣就是老百姓。"谁心里装着人民,人民就会铭记谁。基层民政干部周国知,在他的周年祭日,成千上万的群众自发悼念他,不为别的,只因为他把为群众排忧解难当作党员干部的职责,当作分内之事;只因为他只关心百姓的事情办好了没有,而从不关心自己官做了多大,职升了几级;只因为他起早睡晚,废寝忘食,甚至把生命都奉献给了周围的群众……那样无怨无悔,正像一粒尘土扑向"草根","草根"又怎能忘记?

作为一名党员,笔者一次次被周国知的先进事迹所感动。党员都应像周国知那样无怨无悔地以泥土的姿态扑向草根。能在"草根"周围做一块能干事、肯干事、乐于奉献的泥土是有幸的,我们应该珍惜这样的机会,将一块泥土的功效发挥到极致,时时自我改良,多干利民、惠民、富民之事,永不言悔,永不懈怠。

(2009.9.11)

生活中悟得

把自己打磨成金子

有一个自以为很有才华的人,一直感到自己怀才不遇,因此他愁肠百结,整天生活在苦闷烦恼中。有一天,他去责问上帝:"命运怎么对我如此不公呢?"上帝听了后沉默不语,只是随手从地上捡起一颗不起眼的小石子把它扔到乱石堆中。上帝对他说:"你去把我刚才扔掉的那颗石子捡回来。"结果,这个人翻遍了乱石堆,却无功而返。这时候,上帝又取下自己手上的那枚戒指,然后以同样的方式扔到了乱石堆中。这一次,他很快便找回了那枚金光闪闪的戒指。上帝虽然没有再对他说什么,但是他却一下子醒悟了:当自己只是一颗石子,而不是一块金子时,就永远不要抱怨命运对自己的不公;当你真正将自己打磨成一块熠熠生辉的金子时,任何人都掩不住你灿烂夺目的光彩。

(2009.9.25)

潇　洒

一

据说，潇洒是一棵树，是既放得开又收得拢的姿态，是千变万化不离其宗的天空。

潇洒是草原上的一匹马，是奔马乍起的鬃毛，是马背上飞驰的热情，是热情瞬间的勃发。

潇洒是哭，是笑，是敢哭敢笑，是亦哭亦笑，是含泪的微笑。

潇洒是和谐。

二

潇洒是什么？

它是秋天的一株千年玫瑰，是玫瑰散发的秋天的味道；是海上飘泊的一只船，是船中荡漾的月影；是雨后柏油路上的银光，星星点点、曲曲折折……

潇洒是自然，是自然沉蕴的力量，力量自然而然地显现与流露，不强求，不炫耀，不故作深沉。

潇洒是对生命的热爱与深刻的洞察，是痛苦思索后片刻的答案，是千疮百孔的心灵无言的诉说。

潇洒是一千种超越,一千次超越。

在喧嚣的世界里,潇洒是沉默,是一注目光直抵你心灵最深处。

三

风,随来随去。

雨,随去随留。

潇洒就是你,潇洒就是我。

(2009.10.23)

秋　风

丰丰满满
爽爽朗朗的季节
被那呼风号霜的初冬
筑起了一道难言的风景线
点燃了
一个无花的梦
拆回的目光
是一朵揉碎的紫丁
一串湿湿的绿痕
那注定不能开放的三月
那注定是纯情野风的憔悴
只能悄悄温柔一夜

(2009.10.10)

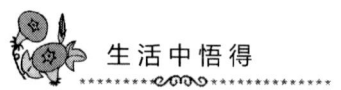
生活中悟得

别轻易放弃

你说你很累
曾有的执著
被失意辗得支离破碎

你说你很无助
曾有的豪气
被成功者的笑容抹杀得无处寻觅

你说你很伤悲
曾有的信念
被现实的烈焰焚成灰烬

别轻易放弃
现实和愿望
总有些差距

别轻易放弃

相信残冬过后

大地一片生机

别轻易放弃

不容易获得的

争取到才有意义

多一份执着

少一些顾虑

告诉自己

冬之后的春

永远最美丽

(2009.10.21)

生活中悟得

人生语丝

少年因幼稚而可爱,青年因幼稚而可笑,中年因幼稚而可悲,老年因幼稚而可怜。

珍惜时间,就是珍惜生命。当你感到时光可贵时,你也就懂得了生命的含义。

春夏秋冬,周而复始,看似平平淡淡,实则惊心动魄,亘古不变的是宇宙,故而谓之永恒,不断消亡的是人生,故而谓之短暂。

从未感到失望的人,生活中绝少有希望。

人生难免犯错误,因而就少不了悔恨。沉湎于悔恨的人,将消其锐气和进取心;只有从悔恨中吸取教训投入新生活的强者,才是人中之豪杰。

幻想机遇的垂青是不现实的,等待机遇的光临是愚蠢的,错过机遇的青睐则是可悲的。

看见别人翻车自己长见识,最聪明。自己翻车自己长见识,可谓精明。

最惧怕的是这样一类人:跌得头破血流也不长见识,翻过车的辙儿明明摆在眼前,却偏偏又心甘情愿地重蹈。

(2009.11.10)

松

无论立足何处

总笑望阳光晴天

横眉乌云垢雨

冷对霜刀冰剑

铮铮铁骨

万刃指向阴处的孽风

追寻光明

高擎巨臂发出由衷的呼唤

石的个性

山的信念

宁被孽风分解了肢体

也决不为苟存

向淫威垂下头颅

(2009.11.25)

她

她相信承诺

特别是男人的承诺

她喜欢一切美好的东西

美味的食物和漂亮的衣服

她觅寻着所有的幸福

有时也包括失望

失望本身也是一种幸福

因为有期待才会有失望

她搜索着所有的快乐

包括无奈的遗憾

因为还有令她遗憾的事情

她追寻着爱情

从中发现

爱从来就是一件千回百转的东西

(2010.2.1)

礁 石

你是一尊理想的石碑
从容树起一方人生的箴言
站在那里
任毒日头胡乱涂抹
任摇风肆意刮削
任寒流把你撕得粉碎

当晚霞渐渐疲惫
海鸥捎来你的风韵
于是
苦苦的日子露出破绽
我们的痴傻伟大起来
哦,我心中的山
轻轻呼唤你的名字
轻轻跨入你的风景

(2010.1.13)

生活中悟得

野　宿

这是座名山
被脚印遗忘了许久
自由老了
风骨犹存
声音荡气回肠

在这雾之中
帐篷是三角形的山石
月光在每一张面靥上摇荡
外面有陶渊明的诗句拂过
遂想起古人

舒心地睡了
梦见金黄的果子
从树上欢快地落下

（2010.3.16）

山水的启示

寻着一脉清流
青山　你一身素色立于
水的梦边

在静静的平和中
接受
命运的安排与莅临

一圈涟漪
从水的心灵深处传达

如此温情的梦乡
让涉足远行的异客为之
动容

生活中悟得

青山　你安定于水的缠绕之中
在温柔的情爱里从此不再
追寻与远行

温情有时是一种无边的
桎梏

有人向往　有人沉湎
有人要用一生来挣扎

(2010.4.18)

孤 岛

上帝造岸时
有意无意留下
一点点小小的遗忘

活泼的波浪
舞蹈般从身旁拥过
你悟觉坚守的本分
回望浩漫的远岸
又叹息渺小的孤单

只默祈永勿失去这种幸福
心对惶惶上升的海日
比谁都更贴近
而每块礁岩铸入岸的骨质
风中你总系泊
一只二只劳顿寻憩的灯光

生活中悟得

烟涛太迷茫

连自己都可忘掉

却在航海者的记忆

活着鲜明的形象

(2010.5.8)

相　逢

虽然我们第一次相逢
为啥使我绕魂牵梦
也许是月光摄走心扉
也许是露珠湿润心弦
也许是虹的绚丽如梦
我在虹的尾
你在虹的头
当相思长出嫩绿
我们将再次相逢

(2010.5.21)

生活中悟得

守望者

曾想这片田地
有花有草有水
有意想不到的涟漪

有鸟飞过
无疆的心域
印下的是
一行摇动的翅膀
于是
年轻的梦幻
都有了动的感觉
只是羽翼湿湿的

有鸟如云
在心田里
我们是岁月的守望者

(2010.6.9)

嘴的功过

鱼鹰、鹦鹉、啄木鸟聚在一起,称赞各自的嘴。

鱼鹰说:"我的嘴为我觅食。要是没有我这锋利的嘴,我的肚皮早就饿扁了。"

鹦鹉说:"我的嘴为我赢得宠爱。要是没有我这灵巧的嘴,我的主人早就不喜欢我了。"

啄木鸟说:"我的嘴为我带来'森林卫士'的美誉。要是没有我这毫不留情的嘴,害虫可就横行无忌了。"

这时,一只噘嘴骡子凑过来,叹口气说:"我却是吃了嘴的亏,要不,怎会卖驴价钱!"

鱼鹰它们劝噘嘴骡子干脆把嘴丢掉,噘嘴骡子连连摇头:"使不得,使不得!我还要靠它诉说委屈哩!"

(2010.7.14)

生活中悟得

又是秋叶飘落时

一夜猛烈的寒风,刮净了窗外那棵树上的枯叶,顿时,一种新的意境出现在我面前:该落的都落了,剩下那迎风而立的枝干任凭风的肆虐、雪的威压,如铜铸铁雕的一般伫立在晴空。

记得昨天,那些殷红的、金黄的叶子还待在树上时,它们瑟缩在枝头上是多么难舍难分,那殷红的叶脉有着对春的记忆,那斑斓的色彩有对秋的眷恋,那被虫蛀的叶面上也留下了夏天的遗憾。一片、两片……片片都有说不完的故事和剪不断的情丝。

当第一片叶子开始飘落的时候,一种悲哀之情就笼罩在我的窗前,多少个惆怅的夜晚,多少个不眠的晨昏,牵肠挂肚的思念,凄凄惨惨的诀别,所有的叶片都在诅咒秋的来临,都在叹息生命的短暂。

而今,这棵树萧然一身,了无牵挂,当冷峭的月光洒在那披着白霜的枝头时,一种从没有的肃穆使它变得清丽而又脱俗,那种带着淡淡哀愁的美比起春的勃发、夏的繁华、秋的妖娆更凄楚动人。寂寞、萧条虽然是它在冬天的写照,但无数个不畏严寒的苞芽正不屈地伫立在枝头,向人们展示出它的无限生机。

没有失就没有得,没有冬哪来的春?大自然永远是一本无字的巨著,只要细心地研读,它会让人悟出多少至理与真情!

(2010.9.25)

生活中悟得

秋　趣

又是一年秋风起。穿长袖的季节几乎已经被跳过去了。一夜之间到处都浮起了浓浓的秋意。

较之生机盎然的春天、炎热的夏天以及孤寂的冬天,我最喜欢明净的秋天。空气里弥漫的都是清冷的气息,校园的道路犹如干硬的炸豆腐干,硬邦邦的确又充满诱惑。而心中的最美景致,便是坐在清洁的石凳上,翻着一本古典文学集,吟诵着各个时代文人留下的关于秋的文字。读着宋玉的"悲哉,秋之为气也",欧阳子的《秋声赋》以及王建的"中庭地白树栖鸦,冷露无声湿桂花"。个个都是天才,创作出和秋天一样动人的诗篇。仅仅有文学还不够,还应该有缠绵悱恻的英文老歌,水一般的旋律更增添了秋天的梦幻色彩。

秋天的傍晚,看窗外的天渐渐阴沉下来,听着那唯美的歌声,便走进了一个唯美的梦境。这应该是法国的一个小城镇,暮色薄薄地漂浮在这个城市上空,古老的大钟沉闷地敲了七下。天空中有归巢的哨鸽,扑棱棱飞过教堂的顶端。四周弥漫着做弥撒时的圣歌,如同上帝柔软的呢喃,风一般把袖衫塞得鼓鼓囊囊的。唱诗班小男孩,棕发蓝眼,身着黑色长衫,举着蜡烛轻声地吟唱。莫扎特小时候就做过这种小男孩呢。不远处有一座高高的铁架桥,孤独地站在冰凉的夜里。一个有着干净面颊的法国男子轻轻靠在栏杆上,黑暗中似乎能看到他熠熠闪光的眼睛。偶尔有车灯打过来的光快速地扫过他的脸庞。夜风扬起了他的发,长长的风衣在夜色里轻微地飘动。从桥下泊着的船中传出了飘渺的歌声。再远处是一条清静偏僻的街道,两边有高大的法国梧桐,只挂着稀稀疏疏的叶子,偶尔有两片叶子如舞倦了的蝴蝶翻飞几下,静静地躺在街道上,道上早已铺满了金黄的落叶。细碎厚实的叶子踩上去发出沙沙的声响。街道尽头走过来挽臂漫步的情侣……

梦醒时分,听到小雨淅淅沥沥地敲打着屋檐,透过窗户,依稀看到昏黄的灯光下,一棵挂满黄叶的树在雨中静静地伫立着……

(2010.9.23)

生活中悟得

冬之约

一

秋在寒冷中悄悄褪却金黄,叶脉间滚动的蝉声也渐渐地枯黄。

金秋再也挽留不住,散发一页页写满山盟海誓的落叶,邀请冬天赴那个迟到的约会。

落叶在苍苍秋空飘飞、翻旋。

字字声声,可是秋风里痴心不改的诺言?

二

所有的树根都踮起了脚,朝冬天遥望。

树的年轮在缓缓转动,算计着冬天归来的行程。

我想起,村头望儿归来的母亲、樟树下回首顾盼的大嫂、远方还未回到家园的父兄……

故乡的炉火在这个季节升起,很旺地燃烧。

乡音在炉里炉外噼叭作响,飘散出一缕缕煨烤山薯的浓香。

青灰的屋顶上炊烟无法伸直,飘荡的童谣和山歌也零零散散、断断续续……

别忘了冬之约,家才是最温暖的呀,有红红的火、烈烈的酒,亲人火一般的祝福。

三

弯弯窄窄的山路旁,野菊花在等待冬天的到来,等待着冬天沉重且疲惫的足音踏响……

野菊花在秋末的风中醉似地摇曳,在这个季节它的花骨朵虽小,却是秋天最灿烂最真情的语言。

草们枯黄了,在将匍匐的最后时刻,可听到吱吱作响的是它每个骨节发出的声音?

四

水面开始寂寞。

鱼儿们拒绝冬的风霜时,也拒绝了冬天的阳光,却格外亲近泥土,如种子般在泥土里安详入梦,紧裹鳞的衣、敛收鳍的裳……

几只黑白羽毛相间的鸟儿在风中掠过水面,甩落下一串铃儿似的鸣啼,是在传播冬天到来的消息,还是欢送秋的远行?

我在家门外的塘堤上等你,静心沉思也无法破译铃儿样作响的鸟啼的内容。

五

草垛在收割后的稻田里站立,别让辛苦的稻田在冬天里冻着?

春天里孵化的那窝小鸡已体肥羽丰,在稻田里俯首咯咯地寻食谷粒,对秋天格外珍惜。

屋檐下的山薯和红辣椒一串串地被风干,灶屋梁上悬挂的成条成块的鱼和肉被熏得又黄又红又黑。然而,只有你从远方带回来的话题,才是最好的下酒菜。

冬之约是一次长久的许诺,在风雪之夜柴扉忽地吱吱作响里,在霜色重重的村外的阵阵犬吠中,在你卸下行囊时那一声呼喊里:到家啦!

兄弟,我已为你沏上了一杯滚烫烫的芝麻豆子姜盐茶,快喝下,别让它和我这颗滚烫烫的思乡的心凉了……

冬之约,年年春天你与我最真诚的相约。

(2010.12.3)

絮情吟韵(六章)

风　铃

静静地凝神着你的眸子,我知道,你的每一滴泪珠,都浓缩着一段刺骨的相思。

你静静地望着我,流逝的是时间,沉淀的是爱。你明白,我读得懂你的目光。

没有你的日子,总遥想,用思念将晶莹的泪珠挂成风铃,轻轻摇曳在心头,千遍万遍。

追　随

默默追随着你的步子,用心感应着你的节奏。风,掀起你的秀发,每一缕青丝都飞扬起一束长长的回忆。

漫漫人生路,你款款而行。不能走进你的视线,追随也是一种美丽。

钟声响起。站在归家的路口,目光被人流剪得支离破碎,微风却又把它搓成永久的思念。

生活中悟得

一　瞥

有一种刻骨铭心的感受,我不想拒绝。

有一缕淡淡缠绵的思绪,我无法拒绝。

茫茫的目光中,你幽幽一瞥,恰如傲然墙外的独枝红杏,我怎能拒绝。

从此,心灵便多了一份静默冥想的期待;

从此,生活便少了一份恬然散淡的情怀。

眼　神

当你闭上双目的时候,我懂得你并没有关上心灵的窗户。

你柔柔的刘海像精致的珠帘,半遮掩着丰富的世界。

我不知道,你的瞳孔是否保留着我的身影,有这片刻的含蕴,我也会觉得永恒。

轻轻牵起你的手,一种无言的温柔。

舞　会

轻轻搂着你的腰肢,仿佛搂着三月的春风,欲语还休。

进,是飘扬的旋律;退,是和谐的节奏。

只是,不能久久凝视你的目光。粲然一笑,便定格为人生一帧别致的风景。

问　候

有微风从身旁拂过,侧耳聆听,仿佛你轻轻的足音。

有青鸟在枝头滑过,举头凝眸,仿佛你纤纤的背影。

轻轻念着你的名字,幸福的泪如滔滔江水,瞬间涌上心头,一浪一浪模糊了双眼。你应该明白,你的笑容就是一首歌,缓缓地流在早春的风里,滋润着我的爱。你的身影就是一条河,静静淌在我心头,滋润着我的情。纵然是有三千佳丽的灿然,也抵不过你一声轻轻的问候。

(2010.10.5)

 生活中悟得

和春天撞个满怀

初春颂辞

一

初春,阳光的温暖开始复苏。触摸大地的脉搏,有活泼的心跳搏动,给冬眠了一季的世界注入了生机。

地平线上,泛着红潮的日子脱颖而出。

从初春的黎明开始,我们翻开灿烂的一页,崭新的一页……

二

初春萌芽的每一寸光阴都是翠绿的。

初春是岁月长河的源头。

初春里布满了童年的叠影……

初春,累积在老人头顶上那薄薄的一层白霜开始融化,然后变成涓涓的溪流,浇注人间每一株真善美的禾苗。

初春,是年轻的季节。

三

种子在初春里节节向上。

碧绿的童心在初春里冒蕾。

是初春把每一寸平淡无奇的世界点缀得绚丽多姿。啊,初春的风蕴着鲜艳的油彩,给生命的每一个音符增添了亮色和生气。

初春里,哪怕是一株老树、一截枯枝,也会写出新意。

四

我们挽着初春的手臂阔步向前,跨入春天的行列。

我们和初春相亲相爱,永远拥有激荡的小河。

我们用五颜六色的初春,把故乡的每一处山水装饰成一幅幅耐读的水彩画。

我们用市场经济理论这一火车头,将初春注入时代的热血,使初春的迷人延伸到酷暑、暮秋、严冬……

春雨写生

春刚刚和冬办完交接手续,**丝丝缕缕**的春雨便在春风中开始展现她那婀娜多情的倩姿,如诗如梦一般潇洒地向旷寂的大地倾洒。

田畴、远山,走出冬的废墟。抹抹烟雨饱蕴着春意和热情,挥洒春的情愫,在久渴的大地书写春的诗篇。千丝万缕

的柳条在淋沥的细雨中惬意地梳妆着彩;燕子斜剪着春雨,在柳丝间穿梭;种子从泥土里探出,花苞在次第绽开……

在春雨的朦胧下,溪与河絮叨着,偷偷聆听并传诉着春的温情。洒向人间都是爱。没有呼啸,没有喧哗;不贪恋地表,不奢望海潮,来无声,去无形,默默地飘洒,无声地滋润,孕育生机和真诚,浇灌嫣红、新绿、温馨、甜润……

在雨中款款而行的恋人柔情绵绵,痴情恋语由掌心写到脚心,是另一种春雨……

春日情思

每当看见一些少男少女在街上漫无目的地嘻嘻哈哈时,我就想起了春天的美丽和易逝。

二十年前,我也是一个少年,眼中的世界是那么美好:一切都是为我而设,一切我都可能拥有!那时候,父母为我笑,学校为我鼓掌,同学为我竖指,连月光也被我看成是少女的披肩秀发。这一年,我有了初恋,我曾默默地为她做事……我想她知道,又怕她知道。若不是她鲜红的请贴在送给我们班主任时被我发现,后果真是不可想象。

后来,在一座满坡野菜的深山中,我还和一群少男少女找过传说中能给人带来好运的极乐鸟。但最终走出大山的,只有我一人,也许是我醒得早点……

但是,为什么不少少男少女知道这个道理仍不珍惜青春和春天呢？为什么,非要走过青春和春天后,才追悔呢？

春天啊春天,你如何才能变成每一位少男少女前方的极乐鸟？

泥土情

我是泥土。

黝黑,是我健美的肤色。

黝黑,是我的深沉。深沉的黝黑中蕴藏着蓬勃的生机。即使是在冰封的日子,我也在积蓄在孕育。

我是泥土。我愿每一粒种子都裂开胚芽的外壳获得再生,我愿每一朵鲜花都张开希望的笑脸结出硕果。

我是泥土。

我有博大的胸怀,整个地球是我的睡席。

我拥抱山岳的伟岸也拥抱沙粒的渺小,我拥抱珍贵的熊猫也拥抱无名的小竹。但,不能容忍对我利用的不合理,而造成生态的不平衡。

来生若让我选择,我仍愿作泥土。

(2011.3.13)

生活中悟得

秋夜的思念

静夜无眠,独坐秋窗。

想你的时候,总要旋转那枚光盘,舒展那支你喜爱的曲子《秋日私语》,于熟悉的旋律中寻觅你温柔的目光。知道你钟情钢琴曲犹如爱我稚拙的诗篇,那位金发碧眼高鼻子的克莱德曼灵巧写意的指尖轻轻滑出的音符,曾教你舒心、令你陶醉、伴你度过无数欢乐时光。

想你的时候,恬适的灯下,总回荡着那支熟悉的曲子,《秋日私语》一如你盈盈的笑意,慷慨予我温馨与缠绵。孤独之时,小小蜗居会任音乐之水泛滥……

想你的时候,时光流逝。思念的波涛一次次拍打我寂寞的心岸!

无数次的鸿来雁往中,你我都把彼此深深的思念折回那朝夕共处依依相融的岁月中。你说过秋风送爽之时,将与我共赏一首抒情写意的曲子,可如今我只能星空遥望,"私语"独聆。

记忆中你曾用玫瑰色的语调向我展示天空的明净、大海的蔚蓝,也曾对我说恩施很古朴、很秀丽、很迷人,相邀走一趣。记忆中你很坦诚很直率又很任性。你认真做人认真做事,可每次评奖你一概与"先进"无缘。有人嘲笑你太呆板太任性,只知埋头工作不善处理人际关系,有人暗示一切皆因你"太傲"。你曾困惑曾迷惘也曾听说"功夫在诗外"……可你依然我行我素、不置可否、付之一笑。你说过,人需要的并不多,重要的是活得不累、活得自在、活得洒脱。

我特欣赏你、特尊敬你、特想念你!无聊的时候,我又喜欢打开网络,细细品读你给我的每一封电子信件,以排遣寂寞、消磨时光。尽管你的音容笑貌一次次在飘逸的字里行间浮现,可每次我只能在朦朦胧胧的幻觉中啜饮你的名字,忆念那一个个温馨的日子。

想你的时候,我常常想象即将与你相会的岁月,常把期待看成一种鲜艳的昭示……

秋天到了,你知道我在等你吗?

(2011.11.9)

生活中悟得

最后一片落叶

那些风
在动摇着你的信心
摧残着你的意志
让你在不断变幻的角度中
一次又一次地看见
落在地上的所有同伴们
静寂　枯黄的静寂
只是你默默地汲取着
来自树干的生命力
虽然它愈来愈少

春花秋月雾般的过去
夏天的小伙子们弹着吉他
还有记忆
那生命的乐章
是什么旋律

你　最大的奢望
是看见冬天
你在心中编织着
冬天的故事
它是你内心深处的秘密

你的身体愈来愈冷
你不曾抱怨
只是坚定地扎稳脚跟
钢骨卓资般地站在风里
强壮刚强的你
不悲不泣的你
不屈不朽的你
身体干枯了心灵仍在希冀
当一场大雪
把你从枝头压落
但在你那如梦潜般
跳出躯壳的精魂里
却仿佛听到春天的雷声
看到了第一场春雨

(2011.12.26)

生活中悟得

春天的味道

春天的空气中藏着一种味道,淡淡的、幽幽的,你总是嗅不出它到底是什么。有时,它像德芙巧克力,它那丝般的感觉,总围绕在你脸旁;有时,它像一杯陈年老酒,芳香的气息沉浸在空气中,只有仔细捕捉,才会有新的体验。春天的阳光中总是藏着深深的情怀,轻轻地,又越来越强烈地,环抱着万物。它轻轻地来,抚摸着我们的脸颊,既而又狂热地亲吻着我们。温暖的气息将我们包容,我们越来越忽视自己的存在,只感到热浪把自己推向了天空,仿佛是坐在热气球上,离太阳越来越靠近。春天也有多种多样的性格,使人捉摸不定。一会儿,它是静坐在小河畔的农家女,安详中显着超脱;一会儿,它是嬉戏在沙滩上的渔民小子,质朴中怀着单纯;一会儿,它可又变了脸,也不知是因为什么,满脸愁容,有时甚至是哭泣;可一会儿,它又学起了坏,和你玩起藏猫猫的把戏。

又是一个春的季节。哎!它总是那么幸运。瞧!它的脚步才刚刚靠近,大家就早已准备好了迎接它的礼物——万物复苏,竞献美景。而它呢,也带来了许多,那空气,那阳光,还有那变化多姿的天气,不是更给这世界一份惊喜,一份多彩吗?

(2007.5.8)

落雪的日子

雪总是用飘落的方式,在冬日里铺张,在冬日里游戏。雪落向爱的深处……

雪自天宇轻轻走来,让瘦瘦的日子,丰富了一半,想法也丰富了一半。恍恍惚惚如梦中的乡愁,忽飘忽扬又走进我的眼中。有雪韵雪歌传来,诱惑我虔诚地梦入冬天。这个时候,我便喜欢一种形象。移进眼中移进日子的雪,是梦又不是梦。仿佛相约相邀,相吻相亲。平静之中,感受生命与生命的快意交谈。雪是活了的雪,呼唤我执着地守住冬天,这个时候,我便喜欢一种造型。

有些日子总是一飘再飘,一白再白。所有的雪都在思考日子;所有的雪都在歌吟日子;所有的雪都在亮丽日子。日子好像长大了,其实是我长大了。

我在冬天长大了,村庄在背后为我送行。雪飞雪落的日子,我一无所获又无可馈赠;雪飞雪落的日子,足可以让我幻想一生、安宁一生……

(2012.3.13)

穿越雨季

跳跃的雨珠欢快地敲打着干渴的大地,那憔悴消瘦的黄花在水气云雾之中,神奇地丰润晶莹了,时间的脚步不知不觉中已跨入了温润的空间。

微风习习,细雨绵绵,最是缠绵女儿心。捧一杯香茗,看千万颗雨珠儿飘飘而下,湿尽天涯,凉浸眉心;听风生竹院,雨打蕉窗,诗意画境曾令易安居士玩味!"应是绿肥红瘦"。肯定,丝雨浸润着海棠红色的炽烈,明早的花儿一定娇艳欲滴。

未及收敛如画的心境,黯然的灰色却掩去,初雨的温柔,绵绵不尽的雨线也将人的烦恼拉得长长的,犹如漫漫长夜煎熬人心。更有耀眼的白光带着轰鸣猝然而至,急风暴雨随即将美丽拍落在地,落红狼藉,残翠寂寥。泪眼婆婆的诉说间,刺目的阳光穿破云层射了下来,火辣辣地炙人。在骤雨初歇的时刻,或许会见到彩虹,炫目的七彩是云的丝巾,借骄阳,欲把这殷殷的美丽酿成浓浓的美酒,存入心海。而美境如烟,风一样来去无踪,正惆怅,飘飞的细雨又驱散了初晴的微笑……

金风中,生命已孕育着另一个主题,飘忽的沉寂,丰硕的黄金,茁壮的枝叶已拭干落寞的泪,哦!回眸间,已是阳光灿烂风儿轻……

走过雨季,迎风,吹干雨浸的衣服;启程,揣一颗暖暖的心。

(2012.3.17)

生活中悟得

觅春野草梢头

　　无论城里还是乡下,春天最早都是从青草尖上冒出来的。

　　对庄稼人来说,田中的野草不仅无用还会影响庄稼的收成,必须拔除。但庄稼人对田边地角上的野草从来都是宽容的、友善的。在乡下,地里的农作物诸如小麦、豌豆、油菜还来不及开全,甚至连叶子都还没有舒展出春天的俊俏的时候,纤细的田埂上,碧丝般的燕草鲜活健康,迎风摇曳。如果是清晨,嫩芽尖上还挑着露水珠,恰似快乐的孩子眨巴眨巴着清澈透明的眼睛。

　　钢筋混凝土构筑起了城市,要想看上去显得富有生机,就需要绿色来装点。城市人对绿色的态度很有意思,一面嫌城市绿色太少,想尽一切办法、花不少心思用精巧的盆盆罐罐栽花种草,或将花草栽种在被图纸规划得中规中矩的花圃里。也就是说,城市的花草树木是被人计划好的,哪儿该长哪儿不能长……一面仅仅为了整饬环境而将房前屋后生机盎然的野草铲除得干干净净。

　　白居易说得好:野火烧不尽,春风吹又生。两三天后,屋前野草又长出来了,生机勃勃,风来时,像一小块被裁剪的小海,浅浅地翻卷起绿色的波涛。草是有根的,怎么能铲除得了呢?被铲除了又长出来,长出来又被铲除,如此循环往复——高智商的人与一丛没有丝毫思维的野草展开旷日持久的拉锯战。还是园艺工人说得好,要没有野草,他离被辞退的日子也不远了。于是草与人之间达成了某种默契,人尽管铲,草尽管生。

朋友将西出阳关,行前,我们坐在屋前那一滩青草前面话别。"为什么放弃中部崛起的优厚待遇,而去到更荒凉的西北?"有好多天园艺工人都没有来,那滩草绿成一片旺旺的云,春天的光泽在草叶上闪烁跳跃,风的手指是那样轻柔,弹着翠叶间悬挂的露水珠,一颗颗地掉到地上,碎成满地的宫商角徵羽……虽然彼此静默无声,当我默读着青草的那一刻,读懂了朋友。

(2012.3.3)

生活中悟得

踏雪悟得

披了风衣,有意光着头,任狂风肆意卷着冰花,踏尺厚瑞雪走出家门。自认世上万物皆有意念,均可觉悟,于是与冰雪通了心思,信步云逝而去,不知前方何地,亦不知归来何时。

世上的公平本无刻度,而瑞雪以其仁怀使世界成了真正公平的世界:从都市到乡间,从高山到深谷,从大路到小径……一眼望去,无处不纯白银净,世上已无了贵贱、高下尊卑之别。自然之神原是这样并不袒护于谁,偶悟往日得失,祸福成败,其实都应咎由于自身,往日不懂不究,全因心神轻浮。

天下无日不思净化,唯有瑞雪来临,方使世界升入真正纯净的境界。自然界原来也纯净,人亦如此,只缘尘染难于抗拒。踏入雪境,方觉是一次真人的回归。未曾想到,踏雪尚有如此之功能。

瑞雪仿佛又为灭绝阴暗而来,使每一角落全都亮遍,似在告诫世人:角落本无黑暗阴影,不过是许多障碍所为。

又想,瑞雪是否诲人切勿活得轻浮,于是,总令人留下自己向前走去的脚印。歪了或是曲了?疏了或是密了?浮了或是沉了?……自能行走之时起,人人本都有自己的脚印,只是有人愿意静心回顾,而有人却不愿细心去辨认。因此,有人走向福地,有人走向深渊。

瑞雪或许有更多的意念,比如是否让草木劳一次筋骨,为翌年承载春华秋实作艰苦锻炼;是否要让幼童完成一群晶莹的艺术塑像,以尽早领受创造美的艰辛?……如此这般,尽可随意想去。

正与雪为乐自询自问,忽有姑娘三五成群迎面笑来,原是满街瑞雪正喜狂了老幼;有独立当街如松傲雪者;有捧雪撒飞如歌如舞者;有数人相拥,如行大雪洗礼者……

的确难解瑞雪何意,只觉得瑞雪来到,世上便如驱走了忧愁,驱走了杂乱,驱走了阴暗;只有喜悦,只有纯净,只有光明。也许这才是瑞雪替天旋行的本意。

抬头已见自家门户。进门对镜,我已是雪佛一尊。忆童年玩雪之趣尚如今日在目,却又见儿子在火盆上溶雪作乐。人生真是如梦,在南方能遇此数年不见的瑞雪,又领悟得这多深意,顿觉身心洁净,仿佛年轻了许多岁数。由此可见,时时洗心并非枉然。难怪商朝的君主汤也在浴盆上刻着这样的警句:"苟日新,日日新,又日新。"意思是说:如果每天都能洗干净自己,那么就应该天天清洗,并且每天都不间断。

原来禅寺里"洗心"二字如此极有深意,不入境还真难以悟得,这趟雪没有白踏。

(2012.1.3)

生活中悟得

"翻案诗"撷趣

甲以某一题材作诗后,乙也用同一题材"唱反调"作诗(也可称作"翻案诗")。一题反作,壁垒分明。这就是我国古代诗坛曾出现过的一种有趣的现象。析其因,皆因观点相异、感情有别、境界迥殊使然。而位居宰相的宋代诗人王安石正是作翻案诗的高手。

且看唐代诗人李白的《登金陵凤凰台》,此诗脍炙人口,可王安石同样敢于"唱反调"。先看李诗写的"浮云":

总为浮云能蔽目

长安不见使人愁

王安石一反李白诗意,在《登飞来峰》中这样写"浮云":

不畏浮云遮望眼

只缘身在最高层

王安石不怕浮云遮住了望远的视线,因为身在最高层,将浮云踩在脚下,定可目极千里。王、李的这两首诗皆意寓言外,又都饶有神韵,同是抒发了愤世嫉俗的怀抱。

李白见"浮云"而生愁,心情万分沉痛,有尽忠社稷的情怀;王安石拂"浮云"而去愁,气魄特别豪迈,有矢志不移的信

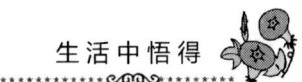

念，因当时他正倡导变法。

昭君出塞的故事家喻户晓。她既有闭月羞花之貌，又有相夫教子之德，如何会身陷冷宫，久不得御幸呢？据说是画工毛延寿利用自己为汉元帝画后宫美人像的职权，向昭君索贿未成，便故意将其画得丑陋不堪。后来，匈奴单于求婚，元帝按图定人，哪知临别时才发现昭君是绝代佳人，于是杀了营私索贿的毛延寿。唐代诗人沈佺期为昭君远嫁悲呼：

薄命由骄虏

无情是画师

王安石不同意前人在毛延寿身上大做文章，作了长诗《明妃曲二首》，其中有以下几句：

归来却怪丹青手，

入眼平生几曾有。

意态由来画不成，

当时枉杀毛延寿。

王的这首诗一扫历代诗人写昭君留恋君恩怨而不怒的传统见解，有很大的独创性。更重要的是，他把矛盾直指帝王，认为汉元帝不看活人看画图，葬送了昭君，而毛被诛，只不过是被当作了替罪羊，王替毛翻案，是为了借题发挥，暗指当朝君主闭目塞听，偏听奸佞之言，如同汉元帝那样信"画"不见"人"。这分明是抒发了他自己受排挤打击的感慨。

唐代诗人杜牧的《题乌江亭》诗：

生活中悟得

> 胜败兵家事不期,
>
> 包羞忍耻是男儿。
>
> 江东子弟多才俊,
>
> 卷土重来未可知。

诗人对项羽兵败刘邦而落乌江自刎的悲剧表示惋惜。诗人认为胜败乃兵家常事,如果项羽不羞愤绝生,振作精神,不减"力拔山兮气盖世"的英雄本色,说不定能够江山再起。而王安石的说法则正相反,王安石同题《题乌江亭》诗曰:

> 百战疲劳壮士哀,
>
> 中原一败事难回。
>
> 江东子弟今虽在,
>
> 肯为君王卷土来?

王安石认为西楚霸王刚愎自用,失人心者失天下,不可避免地会出现狂澜既倒而势难挽回的败局。

那么两位诗人谁是谁非呢?笔者觉得,杜诗突出败而不堕志的英雄气概,感喟项羽遭到挫败灰心丧气;王诗指出项羽兵败身亡乃自食其果。两者皆有积极意义,然而两位诗人探索项羽失败的根源的眼光并未能聚合于一个焦点。

王安石爱唱"反调",并非故弄玄虚,而是有其现实因素的,他的翻案诗,大体属一题反作中的"观点相异"一类,个中颇多情趣。

(2012.2.2)

体味秋韵

秋,是一杯香茗,一品就醉。尤其在阔廖的季节,我只想张开双臂,放眼长空,使自己尽情陶醉在这美丽的秋色之中,任思绪在这秋日里随意畅游,让整个人都变得无尘无俗。

是的,你看庄稼人的院落里已堆满了对这秋的最好注解。火红的辣椒,金色的玉米,橙黄的南瓜,再加上那高高的柿子树上悬挂着的仿佛灯笼一般的大柿子,正应了古人所讲的"红间黄,秋叶堕,粉笼黄,胜增光"。红枣树更是故乡家家户户必栽种的果树,也是故乡院落里秋日的一道奇景。如橄榄又像鹌鹑蛋似的红枣,每每在秋天到来之际,便一个个、一串串由青变黄、再变红,远看那满树的红枣,犹如一颗颗红宝石,更像倒挂在绿树上的一串串糖葫芦,直直地勾引来一群嘴馋的孩童。他们聚在树下,一个个仰着头,搓着小手,馋得直流口水。禁不住诱惑,经过一番私语,一个手脚利索的孩子在小伙伴的推举下爬到树上,抓住一个枝杈,然后用尽力气摇晃,那红透的也熟透的红枣便纷纷落到地上。被惊扰的主人发现后,不骂也不撵,只是一个劲地憨笑着,且笑得那么美丽、那么甜蜜。

生活中悟得

秋天的美，在于一份和谐。秋的韵味，便是对这份和谐的细细品味。秋天的风不带一点修饰，是最纯净的风。那么爽利地轻轻掠过山野树木，对萧萧落叶不必有所眷顾，严格地执行着季节变换的规律——代谢就是代谢，生死就是生死，悲欢就是悲欢。无需参与，不必留念。秋天最耐人寻味的，当是天边的闲云，那么淡然、悠然，悄悄远离尘间，对世俗扰攘悲欢无动于衷。秋天的水和风也是那样的明澈，"点秋江，白鹭沙鸥"，就画出了这份明澈。没什么可忧心，可紧张，可执著的。"傲杀人间万户侯，不识字烟波钓叟。"秋，就是如此的一尘不染。

好像还没来得及细细品味，秋天即将悄然退场了。秋之前，一直让夏占据着。其实，秋的韵味也来自于早春，更来自于苦夏。有人说，没有春的播种，没有夏的耕耘，秋的丰熟之韵也是篮中之水。而细节过程应为：春是秋的序幕，秋是夏的高潮。那么细雨呢，对于秋天来说，的确是大自然的一种深情的馈赠。等到她飘洒下来的时候，乡野里到处都洋溢着富庶的音符，到处氤氲着恬淡的秋韵。听到了吧，那山边的一支笛声，唱醉了故乡的秋月，唱出了欢快活泼的笑靥。粒粒金谷，在阳光下闪出秋的喜悦。条条小径，让车轮辗着，让喜悦填着，让笑声铺着，让细雨浸着，到处都是惬意的生活。如果此时再来一阵清凉的秋风，定会让人情不自禁地上前拥抱她，在秋的季节里体味着悠悠的秋韵。

(2013.11.3)

小树·老人

还记得吗？

那棵高大的银杏树，可是您亲手植种的呀！……许多个日夜，小树在风雨中摇曳，叶子绿了又黄，黄了又绿，您的白发也渐渐地长满了双鬓。要感谢这棵小树的知遇之恩，它不择土质而生，甘愿陪伴着，和您一样平凡地镶嵌在日子里，消失着昔日婆娑的身影，一次又一次地迁徙着生命之绿，绽放出淡淡的忧伤，倾注着七彩多味的心情，无声无息地悄然滑落。

平凡的世界，暗示着深刻的生命哲学，您选择了绿色的生命，立意昂然于人间，在人生的枝头上，谱一曲动人的歌。您似无力量，却拥有胸怀中存在的宽广和对世事的淡然，历经诸多风雨，年复一年，心里充实了真诚善美。暮然低头，小树沐浴在岁月的晨光之中——一个老人痴痴地寻觅。

小树如今长粗了。

只要一提到您，小树旁屋户里的目光，便会有无数对光泽长久地闪烁。我相信，那光芒就叫崇敬与期待，我几乎是听着您的名字一步步踏入青春的岁月，文学的阶梯。

生活中悟得

　　那是一个雨后的清晨,阳光还没有射来,黎明的天空是黛青色的,您站在那棵小树下,一头如云如烟的白发几乎令所有的黑发者惭愧……门总是敞开的,人们从门前匆匆而来,匆匆而过,不知道我是不是第一个跨进那个门槛的人,只知道您讲的故事源远流长,您的书柜总是满满的……

　　春芽在枝头萌动。

　　那场雪悄悄地落下了一片白色的纯真,给大地披上银装。可是,有没有这场雪又有什么重要呢?只要有爱,一生总有一次爱,淡绿色的。您一次次抑制了欣喜和激动,奇怪自己早过了风花雪月的浪漫季节,一切归于平平淡淡,在平平淡淡中完成一份永恒寄托……小树下,那棵青藤,一样有绿色,一样有绿光,一样有绿荫,满满地舒展着明媚的春阳,一切是那么和谐自然,一切是那么风平浪静的淡漠。

(2013.3.11)

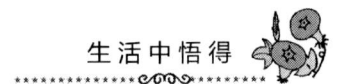

天井山下木子店

秋末时节,与几位挚友驱车来到麻城市木子店镇天井山暴走。到山下时,已是下午三点,行到山口,一路风尘,满身的疲惫,但即刻就被天井山的灵秀洗礼得干干净净。

天井山,植被茂密,大树参天,堪称天然大氧吧。当我们气喘吁吁登上嶙峋峰顶时,正是太阳西下的时候,清风习习,松涛阵阵,间或从远处传来不知名的鸟鸣和潺潺的流水声。极目远眺及俯瞰那山、那树、那河、那水,"蓝天与白云相伴,青山与绿水相随"。河水绕峰穿峡,轻缓逶迤,虽然少了一份汹涌的野性,却多了一份矜持的秀美。她像慷慨无私的母亲,毫不吝啬地滋润着大地。峡谷、秀水、森林、奇峰,错落有致,星罗棋布,让人由衷地赞叹大自然的鬼斧神工。山脚下早已升起袅袅炊烟,暮归老人和赶着的牛羊,勾勒出一幅大家手笔也轻易绘不出的"采菊东篱下,悠然见南山"的与世无争的田园画卷。

当最后一抹夕阳即将退却的时刻,遥远的天际彩霞漫天,霞光万道洒在天井山上,只见那峰峦叠嶂,山谷纵横,幽谷悬泉,溪流密布。大自然真是个技艺高超的雕刻大师,有

着无穷的创意,总能给人以全新的体验,让人目不暇接。如"览山川之形胜,聚千年之神韵"一样的景致,却能给有心的人们带来不一样的迷神想象。是啊,一条弯曲的小径又把我们一行吸引到一个全新的、更让人着迷的地方。容不得你有半点的犹豫,即刻转目四望,叠嶂层峦,隐隐约约绵延十几公里的山峦如子子孙孙般无穷无尽,夕阳的霞光把一双双目光带向那无尽的远方,如黛的远山在霞光映照下显得流光溢彩,层峦间虚无缥缈的霞雾把木子店镇包裹得如仙境一般。一条清澈见底的小河直穿过木子店,两岸排排楼房和早年的平坡房铺垫出古老山镇的繁荣气象。驻足河边,极目眺望,心旷神怡,声嘶力竭地大声向远方呼喊:"木子店,我们梦中的世外桃源,今天真的见到啦!"此时此刻,我们心无旁骛贪婪地大口呼吸着青山旷野及清澈河水中飘逸的清新空气,仿佛木子店的精、气、神尽收心底,每个人肺腑深处的污秽瞬间被清空,周身神清气爽,行为举止喜形于色,兴奋溢于言表。

当我们尽情地疯狂享受天井山、木子店的美景之余,带着那份处于九天之外的飘然心绪,回望那难舍的山巅,茂盛的草木,嶙峋的怪石,静幽的青峰,五彩的旷野以及那石片叠成的小木屋,更带着天井山的神秘面纱和木子店"世外桃源"的大美风光,再与大别山铿锵相约:"两人对酌老米酒,一人一盘炸豆腐。我醉欲眠木子店,明朝有约天井山。"

(2012.11.2)

致青年朋友

　　春天已经到来,你的心窗是否已经打开？对着蓝天许下一个心愿。你看,阳光就这样照射进来。那么,至少在这一刻,你是年轻而快乐的。

　　我总是习惯让胳膊托自己的头,找一个合适的角度,静静地看着窗外的那一片天。这时,最好是在一个烟雾缭绕的山头,能有几排树恰好挡着我的部分视线。这样子,我的眼光就可以一层层尽情地去穿越那些树叶、树枝和空间。放任我的思绪像天上的流云,重重地飞到天的那一边。

　　也许会有一个年轻的故事在宁谧中等待！但确切地说,我的心已不胜忍耐,像一颗小草般地渴望安宁下来。天的那一边也许会有一季的特美风景,但谁能确定,明天是否依然有天空的悲哀？

　　总有些事情是聪明如你也不能预言！总有些感动是匆忙如月也不能搁浅！

　　三月的际遇,有多少的心有灵犀,足以让我们用一生去珍惜？

　　午夜的梦里,有多少年轻的呼喊,夜夜响在你我的耳畔？

生活中悟得

梦里花落,你知多少?

是时候了,请随我一起,把心的足迹留在那片"萌芽"的绿草地上。然后,找一块空地,把心事放飞!

第二天清早起来,无论遇到哪个人,我相信,你要做的第一件事情,就是——绽放微笑!

(2013.3.6)

窗的外边

一

窗外,挂满了雨帘。

雨中,飘来一顶蘑菇状的花伞,剪断了一方雨帘。花伞缓缓移动,全然不顾风声和雨声。

孤独的我,倍觉寂寥,窗外的景,漾起了心中的涟漪。然而,主角不是自己,尽管也曾醉过。

借着一道闪电,我看见蘑菇雨帘的深处。窗外,雨帘还没有收起。

我暮然想到,雷雨过后必定有晴天。夏,是万物迅速生长的季节。

二

一群小鸟飞至窗外的电线上。

它们在阳光下纵情歌唱,和着山风,和着山花,和着袅袅炊烟。

歌声忽而高昂,忽而委婉,那样心齐气顺,情绪舒逸,气氛和祥。

一曲终了,它们叽叽喳喳,说长论短,就像放学归来的一群少女,天真、纯洁,憧憬着美好的未来,最终,它们梳理着羽毛,满意地展翅飞翔。

窗外,留下了寂静和沉思,留下了轻松和遐想。

三

窗外,那条小河在不停地流淌。

摇橹的吱呀声由远而近,划破了黄昏的静谧,又渐渐远去,消失在月色中。

我探出窗口,与河中的自我对话,交流着内心的思绪。当月亮爬上屋顶,清晰了倒影的轮廓,偶有小鱼觅食嬉戏,将月光分割成片片碎银。

潺潺流淌的小河,滋润着我的心田,滋润着故乡的土地,也滋润着祖祖辈辈的生活。

窗外,那条小河在不停地流淌。

(2013.4.24)

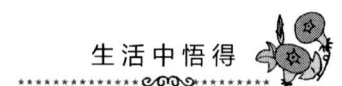

初夏时光的深处

最美好的时光,不是我们说了很多的话,而是我们彼此相视就已经觉得足够的幸福。时光里的初夏,是一场梦的游离,让我们偶然地相遇,虽没有言语,只有甜蜜的微笑,世界上最美好的时刻也不过如此。可我是真的喜欢你,这就是我的人生劫难,你不喜欢我,我也并不怪你。

时间转瞬即逝,逝者如斯。古人这么说,不仅是因为时间与水皆不可倒流,还是因为时间与水都有让人平静或者伤痛的动力。华灯初上,白日的喧嚣渐已退去,独自站在初夏的阳台轻轻抱住双肩,阵阵轻风拂过。转过身去,一片夜动的海洋,十六层的高楼,心也微微颤凉。

掩面,指尖划过鼻翼,划过唇边,竟有微微生痛的感觉。或者,那也是时间轻轻流过指尖,划过唇边,然后在心间留下了疤痕。时间如刀,所到之处,总会有伤痕;时间又如磨盘,让人从粗糙慢慢变得细腻。

像一粒沙的世界,不管是逆流而上还是顺流而下,也不论沧海桑田如何变迁,也总免不了应了潮流,归入大海。不管花岗岩质,还是碳酸岩质,入了大海,最终都成了沙砾,只

生活中悟得

是入海的方式不同,三角洲,河流……浪淘沙,浪花淘尽世间英雄,也淘尽世人胸中多少怨恨。

当你走过多个春秋,再回首,云断归途,回不去了。那就回首吧,既然昨日光阴塑造了我的一切,那我也愿意从此雕刻时光,在静夜的阳台上,在奔流的汉江边。

(2013.5.3)

点缀日子

　　游历在岁月的长河,听长风响起的时刻,我们已在日子中摸爬滚打了那么多年。

　　碧野晴天的日子,我们将美好的心愿化作飘飞的柳絮,祈祝它香飘田野,给路人一瓣温馨。

　　石榴火红的日子,季节让人们懂得了如何珍惜失去了太多的家园,咀嚼着火得有些过味的辣椒,日子也被烫得辣乎乎的,仿佛稍不留意,就会褪尽所有的色彩。

　　谷物飞花的日子,我们把太多的感悟全赠与了早晨的诗行。随风荡起的瞬间,看到生命的震荡和飞扬的激情,随着柔柔的阳光,和着鸟鸣啾啾,止不住的成长。

　　遍野黄金的日子,老农的吆喝谱成了最美的乐章。拾一地收获,我们在夕阳最美的时刻将跳跃的汗珠串成闪烁的音符。

　　瑞雪飘飞的日子,热闹了许久的生命精灵终于安静下来。延伸的脚步让日子翻了再翻。仿佛有种子破土而出的呼唤。候鸟成了最优美的舞者,吟诵着独有的词曲,有足迹深深浅浅,星星点点。

生活中悟得

闲暇时,我们数着日子盼望成长,那是因为我们不懂得日子的含金量,而熟悉日子的时候,却又因留不住日子而伤感。重复着平淡的生活,细细回味之际,才蓦然醒悟:其实,真实地走过每一天,也就点缀了日子。

(2013.6.23)

读《离骚》痛饮"太古泉"

农历五月初五,是我国传统的端午节。《风土记》中说:"仲夏端午,端,初也"。意思是五月开始的第一个五日。由于五月五日两"五"相重,所以又名"重五"或"重午"。作为一个重要的传统佳节,历代文人墨客以端午为题,留下了许多脍炙人口的诗篇。

唐代文秀在《端午》诗中写道:"节分端午自谁言,万古传闻为屈原。堪笑楚江空渺渺,不能洗得直臣冤。"不仅表现了诗人对屈原的同情,而且表达出了对昏君奸臣的憎恨和鞭挞。北宋张耒有诗云:"竞渡深悲千载冤,忠魂一去讵能还。国亡身殒今何有,只留离骚在世间。"寥寥数言,诗人内心的那种悲苦凄情便可见一斑。除此之外,无论是戴复古的"海榴花上雨潇潇,自切菖蒲泛浊醪。今日独醒无用处,为公痛饮读离骚",还有高启的"香菱裹秫炊,投祭楚江湄。颇恨馋蛟横,君忠竟不知",抑或是苏东坡的"楚人悲屈原,千载意未歇。遗风成竞渡,眷眷不忍决",都表达出了对屈原的无比怀念。

"五月端阳节,家家粽子香"。端午节吃粽子是中国民间

最为普遍的习俗。梁朝吴均在《续齐谐记》里说:"屈原以五月五日投汨罗江而死,楚人哀之。每至此日,以竹筒贮米投水祭之。"所以,历代吟粽子的诗词也多如繁星,西晋官吏周处在《风土记》中云:"仲夏端午,烹鹜角黍。"唐明皇有诗曰:"四时花竞巧,九子粽争新。"唐代诗人姚合写有:"渚闹渔歌响,风和角粽香。"宋代韩元吉也有佳句:"角黍堆冰碗,兵符点翠钗。"黄裳也有诗云:"角黍包金,香蒲切玉,是处玳筵罗列。"

  诗人的境遇不同,流露出来的情感自然也就各异。在那一首首的端午诗中,有反映离愁别恨的,如唐代殷尧藩的《同州端午》诗:"鹤发垂肩尺许长,离家三十五端阳。儿童见说深惊讶,却问何方是故乡。"表达了背井离乡的游子重返故里时的激动之情。有反映忧闷心情的,如宋代诗人黄公绍在《端午渡掉歌》中云:"月明中,月明中,满湖春水望难穷。欲学楚歌歌不得,一场离恨两眉峰。"抒发自己怀才不遇的愁苦心境。与这些苦闷心情迥然不同的是老舍的一首端午诗:"端午偏逢风雨狂,村童仍着旧衣裳。相邀情重携蓑笠,敢为泥深恋草堂。有客同心当骨肉,无钱买酒卖文章。前年此会鱼三尺,不是今朝豆味香。"老舍先生将战争岁月的艰苦生活以及那种以苦为乐的乐观主义精神,表现得酣畅淋漓、真挚感人。更有豪放者高新希端午诗云:"菖蒲艾蒿悬于门,粽蛋米酒桌上品。岁岁端午邀屈原,龙舟千发为拜君。"高新希的这首2017年端午节即兴作的诗,不落千百年来此类诗词的俗套,平铺直叙,达放豪情,淋漓酣畅,质朴感人,且诗达人意。他于端午邀了几位挚友欢聚一堂,丰盛的一桌自不须言。还有帝乡枣阳的地封黄酒,重要的是有帝乡枣阳"汉光酒业"的精品"太古泉",兼香型的,瓶盖一开,满屋飘香。主人与几位挚友举杯祭屈原,读离骚,酒兴大发,谈兴正酣,离骚与饮者对话,让人流连忘返。此情尽兴的诗作,更让端午节,这个中华民族千百年来古老的传统节日,经过两千多年的风雨沧桑,依然保持着她的独特魅力,且焕发了新的容光。在诗酒中约会端午节,我们心中又多了一份对中国传统文化的热爱与尊重。

(2014.6.3)

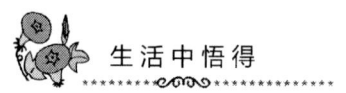 生活中悟得

"笑舞春风"

"去年今日此门中,人面桃花相映红。人面不知何处去,桃花依旧笑春风。"唐诗人崔护的短短四句诗作,就道尽了才子佳人无缘聚首、徒留遗憾的万千惆怅。笔者记得读过的另一首诗中的两句:"一束桃花千朵红,朵朵带笑舞春风。"仅十四个字,就诉说了恋人两情相悦、情场得意的欢愉心声。

春风伴随春天赋予自然新生的机会,让去年谢落的花再开,倾倒的树抽芽。万户春声里,万物在春天里一扫冬日的阴霾,努力地以最美好的姿态来面对世界。笑舞春风的桃花,不仅可以观赏,而且可以食用。把春天绽放的桃花收集起来风干,泡壶浪漫的桃花茶,不仅能疏通血络,还能让你面色红润有光泽,随时让你看起来很"春天"。

人生的成熟与智慧也应该随着春天的到来而有所增长,在一年之首的春季里重新学习,重新出发,让自己也能有一股"笑舞春风"的新气象,这也是春天带给我们的一种正面启迪。

(2014.3.11)

更上一层楼

在唐代诗人中,王之涣的作品可以说是很少的,《全唐诗》只录有其诗 6 首,但仅此 6 首,已为他在唐代诗坛中赢得了一席重要地位。其《登鹳雀楼》诗,就是一首"市井儿童,皆知诵之"的名诗,至今仍崭然如新:白日依山尽,黄河入海流。欲穷千里目,更上一层楼。鹳雀楼,旧址在今山西永济县,高三层,登楼可以"前瞻中条,下瞰大河",是唐代的登临胜地,诗人多有题咏,而在诸多的"唐人留诗"中,王诗都以其雄浑的意境,深刻的哲理,朴美的文词,工整的对仗,和谐的韵律,成为世代相传的不朽杰作。

诗句排空而起,从远眺及鸟瞰的角度,对登楼所见的景色进行了大挥大斥的勾画——西坠的夕阳,贴近了绵延横卧的中条山;一泻千里的黄河之水,奔涌流转,东注浩瀚无涯的大海。山衔落日,水注东海,这是一幅多么苍茫壮阔而又令人情绪飞扬的山水画卷啊!然而,诗人的心境是宽阔的,高尚的,他并不满足于眼前的高山大水,而是憧憬着更加深远的境界。此时,他兴犹未尽,又接着用如椽大笔,饱蘸激情,写下了极富哲理意味的千古佳句:"欲穷千里目,更上一层

楼。"希冀能够穷极千里之遥,让全部的山河之美尽入胸怀。诗句即景生意,形象地概括了登高望远这一深刻哲理,表现出诗人一种穷高极远、勇于进取的非凡抱负。"有天空海阔之怀,方能道此旷达之韵。"诗人触景生情,用"欲穷""更上",把诗篇推向更高的境界,向读者展示了更大的视野。它给人的启示已不再是游览名胜,而是向着崭新的生活奋进不息。"更上一层楼"至今已被人们视为成语而广为运用,它由原来的"登高才能望远"的哲理意味演变成用以比喻在原有基础上再提高一步的意思。

王之涣生活的时代,适逢"开元盛世"。当时国力鼎盛,人心振奋,这些无不在诗人的思想上深深地烙上时代的印记。《登鹳雀楼》的雄阔意境是与诗人气吞寰宇的襟抱分不开的,更是与他所处的勃勃向上的时代精神分不开,这就是后人常常谈及的"盛唐气象"。正因为诗人具备了这诗外的功力,才酿成了这前人所无法达到的境界与气象。时代孕育着诗人,诗人拥抱着时代。

(2014.8.9)

帝乡酒事

金牯山间太古泉，
一瓢长醉任其然。
醒来还爱兼香格，
酒业汉光福万年。

(2016.7.28)

附

习作两首示祝贺

其一（为习近平总书记点赞）
胸怀大志领神州，高屋建瓴解民忧。
惩治腐败出重拳，为患虎蝇俱不留。
南海亮剑震敌胆，老魔小丑相顾愁。
强国强军为民族，圆梦中华韵风流。

其二（怀古襄阳行）
襄阳是个好地方，三国争雄古战场。
刘备三顾古隆中，恭请谋士诸葛亮。
雄才伟略助基业，鞠躬尽瘁三鼎昉。
耿耿忠心扶汉室，志士仁贤世代仰。
悠悠长河史无尽，历代众生各奔忙。
古今英雄世人论，宏志美德天下扬。

高新希先生《生活中悟得》即将出版，我以两首习作表示祝贺！

高　林
2018年5月

写在后面的话（代跋）

我不善于写诗，但爱吟诗，尤其在心情闲适舒畅之时。徜徉在诗的海洋里，与伟大的诗人交流，那是一种神奇绝妙的享受。我们生活在一个博大的诗歌王国。中国从《诗经》到屈原的《离骚》，从唐诗到宋词，从古代诗到现代诗，洋洋洒洒，犹如长江一泻千里，如同黄河波涛滚滚。

尽管历经朝代更替，饱尝战火连绵，经受沧海桑田，诗的生命力却是非常旺盛的，一直留在国人心中。

吟诗使人充满信心。白居易的"野火烧不尽，春风吹又生"；王安石的"不畏浮云遮望眼，只缘身在最高层"，每每读来，都会使人心胸开阔，神清气爽，信心百倍。

吟诗令人意志如钢。谭嗣同的"我自横刀向天笑，去留肝胆两昆仑"；秋瑾的"一腔热血勤珍重，洒去犹能化碧涛"，令人热血沸腾，正气浩然，豪情万丈。

吟诗能怡情。苏轼的"欲把西湖比西子，淡妆浓抹总相宜""人有悲欢离合，月有阴晴圆缺""大江东去，浪淘尽，千古风流人物"等千古名句使人情怀高雅，境界非凡。徐志摩的学生、新月派的代表诗人卞之琳的"你在桥上看风景，看风景

的人在楼上看你",则把青春年少者带入一种妙不可言的精神领域。

吟诗能治病。宋代《唐诗纪事》中有这样的记载:杜甫的好友郑之文之妻患抑郁症,杜甫闻知对好友说:"诗,我的诗可治尊夫人的病,你只要让她每天反复诵读'夜阑更秉烛,相对如梦寐'即可。"朋友之妻遵嘱反复诵读,病情果然大有好转。南宋诗人陆游曾在《山村经行因施药》一诗中,叙述了他用诗为老人治"头风病"的过程。诗中写道:"儿扶一老侯溪边,来告头风久未痊。不用更求芎芷汤,吾诗读罢自然醒。"清末名臣李鸿章也在给哥哥李翰章的家书中提到诵读诗文对于身体的保健作用,"体气多病,得名人文集,静心读之,亦足以养病"。保健专家认为,以诗治病是有一定道理的,吟诗不仅有助于增强人的肺活量,而且,随着吟诗感情的变化,人体的各个器官都参与活动,促进血液循环和新陈代谢,同时还能增强体内酶和乙酰胆碱等活性物的分泌,使血液量和神经细胞调到最佳状态。

诗催人奋发向上。杜甫的"语不惊人死不休";华罗庚的"多把艺术谈几声"等应是典型的励志诗。天之大,海之阔,我国是世界大国,更是文明古国、现代大国。在我国,诗词有一个很大很大的空间。生活中离不开诗词给予我们的美感,诗词时刻都在滋润我们的心田,美化我们的生活,促进我们现代化生活的和谐,甚至关系到民族的气质形象,伟大的民

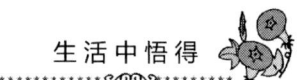

族复兴。诗永远是时代的号角。

我们推崇社会主义核心价值观,理所当然也包括催人奋进的诗词,她是人们精神生活的一部分,精彩的一部分,也是必不可少的一部分。一首诗的教化有时远甚于一堂教育课。当然我们更热情地呼唤我们时代出现更多的北岛、舒婷、顾城这样的诗人大家!

文字值此,似犹未尽。也算是对高新希先生这部《生活中悟得》的出版表示衷心的祝贺!

冯春秀
2018 年 5 月